中公文庫

特急しおかぜ殺人事件

西村京太郎

中央公論新社

目次

特急しおかぜ殺人事件

第一章　出発の日

1

明日、午前九時に迎えに来てくれといわれていたので、R交通では、五月十六日の朝、タクシーを、四谷《よつや》三丁目の小田冴子《おださえこ》に廻《まわ》した。

運転手は、四十七歳の井上というベテランだった。

井上は、今までにも、何回か、小田冴子を、迎えに行っている。

四谷三丁目と、信濃町《しなのまち》の中間ほどのところに建つ豪華マンションの四〇五号室に、彼女は、ひとりで、住んでいた。

井上は、最初、彼女が、何をする人か、わからなかった。年齢は、四十七、八歳、かなりの美人で、とにかく、着ているものが、高そうだし、四谷三丁目の大きなマンションに住んでいるのだから、お金持ちだろうとは、感じていたのである。

何回か、送り迎えしている間に、少しずつ、彼女のことが、わかってきた。

小田冴子は、銀座に、宝石店を持つ、いわば、女社長だった。二年前、夫の敏夫《としお》が亡くなったあと、社長になり、店を大きくしていた。

もちろん、自分の車、ベンツ500SELを持ち、専属の運転手もいるのだが、行先に駐車場がなかったり、運転手が帰ってしまった深夜などには、R交通から、タクシーを、呼ぶことがあった。

井上は、午前九時きっかりに、マンションの前に立ち、四〇五号室のインターホンボタンを押した。

「はい」

と、返事があった。

「R交通ですが、お迎えに、あがりました」

「ご苦労さま。すぐ、行きます」

と、いう声があった。

井上は、ドアを開けて、小田冴子が、降りて来るのを待った。

エレベーターがおりてきて、出て来た彼女を見て、井上は、びっくりしてしまった。というより、呆気《あっけ》にとられたといった方がいいかも知れない。

いつもの彼女は、いかにも高そうな洋服を着ているか、これも、いかにも高そうな和服姿で、お遍路姿だったのである。

それが、今日は、同行二人と書かれた菅笠《すげがさ》をかぶり、杖《つえ》を持ち、まっ白な、お遍路姿で、エレベーターから降りて来たのだ。

思わず、井上が、

「どうなさったんですか？」

と、きいてしまった。

「びっくりしたでしょう」

と、冴子は、微笑して、車に乗り込んだ。

「何かのお祭りですか？」

井上は、運転席に腰を下して、バックミラーの中の冴子に、きいた。

「心境の変化かしら」

「へえ」

「お願いがあるんだけど」

「どんなことですか？」

「私が、こんな恰好《かっこう》で、出かけたことは、黙っていて欲しいの。恥ずかしいから」

と、冴子はいった。

「わかってます。誰にも、いいませんよ。何処《どこ》へ行きますか？」

「東京駅に行って下さい。八重洲口《やえすぐち》の方に」

と、冴子は、いった。

「わかりました」

と、肯《うなず》いて、井上は、車をスタートさせてから、

「何時の列車か、決っているんですか？」

「九時五十分までに、着けるかしら？」

「それなら、大丈夫だと、思いますよ」

と、井上は、いった。

東京駅八重洲口に着いたのは、九時四十分である。

冴子が、一万円札を出したので、井上が、おつりの千円札を、数えていると、

「おつりは、取っておいて下さいな」

と、彼女が、いう。

「でも、沢山ですから――」

「いいのよ。その代り、さっきの約束は守って下さいね」

と、冴子が、いった。

「わかっています。誰にも、いいやしません」

と、井上は、まじめ腐っていってから、

「お気をつけて」

と、つけ加えた。

白いお遍路姿の冴子が、駅の構内に消えて行くのを、井上は、見送った。

2

R交通に帰った井上は、小田冴子のお遍路姿のことを、同僚たちに喋《しゃべ》りたくて仕方がなかったが、じっと、我慢した。

とにかく、彼女は、R交通のお得意である。これからも、乗って貰《もら》わなければ、ならなかったからである。

それから、五日たった五月二十一日の夕方、井上が、営業から戻って、その日の売上げを計算していると、営業所長が、

「君に、会いたいという人が来ているよ」

と、声をかけてきた。

「誰ですか？」

「私立探偵だそうだ」

「浮気がばれたかな」

と、井上は、冗談をいいながら、売上げの申告をすませ、会いたいという男に、眼をや

った。

三十歳くらいの背の高い男だった。

男のくれた名刺には、

〈橋本探偵事務所　橋本豊〉

と、書かれてあった。

「僕一人でやってる事務所ですがね」

と、男は、笑ってから、

「五月十六日の朝、小田冴子さんを、迎えに行きましたね？」

「ええ。午前九時に、迎えに来てくれと、いわれていましたからね」

「何処《どこ》まで、乗せて行ったんですか？」

「小田さんに、何かあったんですか？」

と、井上は、聞き返した。

「実は、行方不明ということで、店の方から、探してくれという依頼が、あったんですよ」

と、橋本という私立探偵はいう。

井上は、びっくりした。

「本当ですか？」

「だから、僕が、心当りを、当っているんですよ。何処まで、乗せたんですか？」

と、橋本は、同じことをきく。

「東京駅の八重洲口です」

「列車に乗るため？」

「そうでしょうね」

「何処へ行くか、聞いてない？」

「ええ。いちいち、お客さんに、聞けませんからね」

「知らないんですか――」

橋本が、残念そうに、溜息《ためいき》をついた。

それを見て、井上は、つい、

「四国じゃないかな」

と、いってしまった。とたんに、橋本は、睨《にら》むような眼つきになって、

「彼女は、四国へ行くと、いっていたのかね？」

「いけない。誰にもいわないでくれと、口止めされてたんだ」

「四国へ行くことをですか？」

「いや、四国というのは、僕が、勝手に考えたことなんで、他へ行ったのかも知れませんよ」

「じゃあ、何を口止めされているんですか?」

「――」

「井上さんといったかな?」

「そうです」

「小田さんは、銀座で、大きな宝石店をやっているんです」

「知ってますよ。女社長でしょう?」

「その社長さんが、五日も、行方不明になっているんです。店の従業員は、みんな、心配していますよ。社長の自宅に電話しても、出ない。何かあったんじゃないかと、心配してるんです。あなたが、何か知ってるんなら、ぜひ、教えて下さい。お願いしますよ」

と、橋本は、いった。

所長も、傍《そば》から、

「何か知ってるんなら、話して、あげなさい」

と、いった。

「あの日、小田さんが、変な恰好をしてたんですよ」

と、井上は、いった。

「どんな恰好です？」

と、橋本が、きく。

「お遍路の姿をして、車に、乗って来たんですよ」

「オヘンロ――？」

「ほら、白装束で、菅笠に、同行二人と書いてあって、杖をついて――」

「ああ、あのお遍路さんね。そんな恰好をして、午前九時に、あんたの車に乗って来たんですか？」

「そうですよ。だから、びっくりしたんです。その時、小田さんに、こんな恰好で、タクシーに乗ったことは、誰にもいわないでくれと、頼まれたんですよ」

「四国と、いうのは？」

「よく、お遍路さんを見るのが、四国だから、四国に行ったんじゃないかと、勝手に、考えただけですよ」

と、井上は、いった。

「なぜ、彼女は、お遍路姿をしていたんだろう？　理由を、聞きませんでしたか？」

「もちろん、聞きましたよ。不思議でしたからね」

「そしたら、小田さんは、何と、返事をしたんですか？」

「心境の変化かしらって、笑ってましたね」

「他には？」

「それだけですよ。いろいろ聞いたら失礼だと思うから、それ以上、聞きませんでしたからね」

と、井上は、いった。

「何時に、東京駅に着きました？」

と、橋本が、きく。

「確か、午前九時四十分頃でしたよ。間に合ってよかったなと、思いました」

「間に合ってというのは——？」

「九時五十分までに、東京駅の八重洲口に、着くようにと、いわれていましたからね」

と、井上は、いった。

「僕を、東京駅まで、送って下さい」

と、橋本は、急に、いった。

「丁度、仕事を了《お》えて、帰って来たところなんですがねえ」

と、井上は、いった。

「じゃあ、僕と一緒に、お客として、他の車に乗って下さい。もちろん、お礼はしますよ」

と、橋本は、いった。

井上は、帰り支度をしてから、橋本と、同僚のタクシーに乗り、東京駅八重洲口に向った。

「いつも、井上さんが、小田さんを迎えに行くんですか？」

と、リア・シートに並んで腰を下して、橋本がきいた。

「いつもじゃありませんけど、僕が、多いでしょうね」

「五月十六日ですが、小田さんは、いつもと、違っていましたか？　お遍路の恰好は、別にして」

と、橋本は、きいた。

「いつもと、ねえ——？」

と、井上は、考えていたが、

「そういえば、口数が少かったです。あの社長さんは、いつも、お喋りな方なんですよ。仕事の話とか、税金に対する文句とか、いろいろ、喋るんですよ。面白い話でね。それが、あの日は、ぜんぜんでしたね。東京駅に着くまで、黙っていましたからねえ」

と、井上は、いった。

東京駅に着くと、橋本は、五千円くれて、

「何か思い出したら、名刺の番号に、電話して下さい」

と、いった。

3

橋本は、東京駅の構内に入って行った。

今は、午後七時を回っているが、五月十六日には、午前九時四十分に、小田冴子が、同じように、駅の構内に入って行ったのだ。

(いや、同じようにではなく、お遍路の恰好《かっこう》をして、入って行ったんだ)

と、橋本は、思う。

きっと、目立ったろうなとも、思った。

東京には、さまざまな人間が、住んでいる。服装だって、まちまちだ。今、構内を見渡しても、背広姿のサラリーマンもいれば、髪を金色に染めた若者もいる。しかし、それでも菅笠姿のお遍路の恰好というのは、目立った筈《はず》である。

だから、井上という運転手が、四国へ行ったんじゃないかと思ったのも、無理はない。

四国は、春から、お遍路の季節が始まると、いわれるからである。

北海道からも、東京からも、四国へ行くだろう。だから、小田冴子が、東京から、四国の巡礼に出かけたとしても、おかしくはない。

(しかし、東京を出る時から、お遍路の恰好をして行くものだろうか？ あれは、四国の第一札所の寺に着いてから、お遍路姿になって、廻《まわ》るのではないだろうか？)

と、橋本は、思った。

おかしいが、五月十六日に、小田冴子が、お遍路姿で、この東京駅にやって来たことは間違いないのだ。

（四国へ行ったとしたら、何時の列車に、乗っただろうか？）

橋本は、東海道、山陽新幹線の時刻表を、調べてみた。

冴子は、タクシーの運転手に、九時五十分に着いてくれと、頼んだと、いう。

とすれば、九時五十分に近い列車に、乗るつもりだったと、思われる。

四国に行ったとすれば、新幹線で、岡山まで行き、乗りかえたと、考えるのが、自然なのだ。

九時五六分発　　のぞみ９号
一〇時〇〇分発　ひかり221号
一〇時〇三分発　こだま421号
一〇時〇七分発　ひかり43号
一〇時一四分発　ひかり223号

考えられる列車は、このくらいだろう。これ以後の列車なら、「十時までに着いて欲しい」と、いった筈である。

橋本は、この五本について、一本ずつ、検討してみた。

まず、九時五六分発の、のぞみ9号だが、これは、時間が、あまりにも、接近している。ぎりぎりすぎる。九時五十分に、東京駅に着いたら、発車まで、六分しかないのだ。

普通、こんな、ぎりぎりに、駅に着くようにはしないだろう。

一〇時〇〇分発のひかり221号は、時間としては、丁度いいが、新大阪行で、四国行の列車に乗りかえる岡山駅まで行かない。

一〇時〇三分発の、こだま421号も、同じく、新大阪が、終点である。

となると、一〇時〇七分発のひかり43号博多《はかた》行と、いうことになってくる。

このあとの一〇時一四分発のひかり223号も、新大阪行だからである。

一〇時〇七分発の、ひかり43号に乗ると、一四時〇〇分に、岡山に着く。

岡山からは、一四時一九分発の特急しおかぜ9号にでも乗ったのではないか。

橋本は、JR東海の駅舎に行き、名刺を出し、

「五月十六日の、ひかり43号に乗務した車掌さんに、会わせて頂けませんか」

と、頼んだ。

行方不明になっている人を、探しているのだとも、説明した。

「ひょっとすると、この女性は、五月十六日のひかり43号に、乗ったかも知れないんで

す」

　と、橋本が、いうと、
　断られても仕方がないなと、覚悟していたのだが、相手は、親切に、当日の車掌が誰かを調べたうえ、

「今、東京駅の車掌室にいる筈なので、呼びましょう」

　と、いってくれた。

　二十分ほどして、山下という車掌が、顔を出した。
　五十二、三歳の小柄な車掌だった。
　橋本は、名刺を渡し、事情を、話した。

　ポケットから、小田冴子の顔写真を取り出して、山下車掌に、見せて、

「ひょっとすると、五月十六日のひかり43号に乗ったかも知れないのです。その顔に、見覚えは、ありませんか？」

「そういわれましてもねえ。グリーンでしたか？」

「多分、グリーンに乗ったと思いますが」

「――――」

　山下車掌は、黙って、写真を見ていたが、困ったように、首を振るだけだった。

　橋本が、

「彼女は、白い、お遍路の恰好をしてたと、思うんですが」

と、いうと、山下車掌ほ、急に、ニッコリして、

「早く、それを、いって下さいよ。見ました。見ましたよ！」

と、大声になった。

橋本は、ほっとして、

「やはり、乗っていたんですね」

「ええ。乗っていらっしゃいました。10号車のグリーンの、確か禁煙席でした。お遍路の恰好だったので、よく覚えています」

「彼女、ひとりでしたか？」

と、橋本は、きいた。

「ええ。おひとりでしたね」

「何処まで、乗って行ったんですか？」

「岡山までの切符を、お持ちでしたよ。きっと、岡山から、四国行の列車に、乗りかえられたんだと、思いますね」

と、山下車掌は、いった。

4

山下車掌に、礼をいって、別れると、橋本は、駅構内の公衆電話を探し、そこから、銀座のオダ宝石店に、かけた。

依頼主の寺沢に、報告しておかなければならない、と思ったからである。

寺沢は、オダ宝石店で、副社長をしている男だった。

「小田社長のことですが」

と、橋本が、いうと、

「何かわかりましたか？」

と、寺沢は、せっかちな、きき方をする。

「どうやら、小田冴子さんは、四国へ行ったと、思われます」

「なぜ、四国なんかに？」

「二年前に、ご主人が、亡くなっていますね？」

「ええ。それが、何か、社長の失踪《しっそう》と、関係があるんでしょうか？」

「二年前の何月に、亡くなったんですか？　命日は、何月何日ですか？」

と、橋本は、きいた。

「それが、必要なんですか？」

「出来れば、教えて下さい」

「確か、五月十八日だったと思いますが――」

「それでかな」

「何がですか？」

「五月十六日に、小田冴子さんは、お遍路の姿で、タクシーで、東京駅に向っています。これは、彼女を乗せたタクシーの運転手に会って確かめました」

「おへんろって、何ですか？」

と、寺沢が、きく。

橋本も、最初、何のことかわからなくて、聞き返したことを思い出して、苦笑しながら、

「白装束に、菅笠をかぶって、笠には、同行二人とか、東西南北とか書いてあるやつですよ。四国なんかで、お寺を廻って歩く姿があるでしょう？」

「ああ、わかりました」

「ご主人が亡くなって、三回忌でしょう？　それで、冴子さんは、一念発起して、四国の霊場を廻る気になったんじゃありませんかね。子供はいないんでしょう？」

と、橋本は、きいた。

「ええ。お子様は、いらっしゃいませんが――」

「だからかも知れませんね。お子さんがいれば、お子さんのことで、気がまぎれるんでし

ようが、それがないから、亡くなったご主人のことばかり考える。それが、突然、巡礼を、思い立たせたんじゃありませんか？」

　と、橋本は、いった。

「まだ、信じられませんがねえ」

　と、寺沢は、いう。

「信じられないかも知れませんが、冴子さんが、五月十六日に、お遍路の恰好で家を出て、新幹線に乗り、四国に向ったことは間違いありませんね。恐らく、ご主人が亡くなってから二年間、仕事にばかり、のめり込んでいたんでしょう？　ご主人の残した宝石店を守ることばかり考えて、二年過ぎて、やっと、落ちついたところで、亡くなったご主人のことを考えたということじゃありませんかね」

　と、橋本は、いった。

「それは、わかりますが、それなら、なぜ、社長は、何の連絡もして来ないんですかね？　われわれが、心配しているのは、わかっている筈なんですよ」

「冴子さんは、あなた方に、黙って、旅行に出かけてしまうようなことは、今までに、ありませんでしたか？」

　と、橋本は、きいてみた。

「社長は、神経の細やかな人ですから、そんなことは、今までに、ありませんでした。だから心配になって、あなたに、調査を依頼したんですよ」

「これから、四国へ行って、冴子さんを、探してみようと思いますが、構いませんか？

その場合は、当然、費用が嵩《かさ》みますが」

と、橋本は、いった。

「費用は、いくら掛っても構いません。とにかく、一刻も早く、社長を見つけ出して、連れ戻して欲しいのです」

「では、明日の午前九時半に、東京駅八重洲口の喫茶店Pに、とりあえず、五十万、持って来て下さい。もし、簡単に見つかれば、余ったお金は、返します」

「わかりました」

と、寺沢は、肯《うなず》いた。

翌日、橋本は、喫茶店Pで、寺沢に会った。

寺沢は、封筒に入れた五十万円を、橋本に渡してから、

「私には、まだ、信じられんのですよ。社長が、私たちに何の連絡もせずに、お遍路の恰好で、四国に行くなどということが――」

「しかし、本当です」

橋本は、ポケットから、テープレコーダーを取り出して、寺沢に聞かせた。それは、R交通のタクシー運転手と、ひかり43号の車掌の声を、録音しておいたものだった。

「この中で、冴子さんは、心境の変化といっていたと、タクシーの運転手は、証言しています。一見、奇矯《ききょう》に見える行動も、それで、説明がつくんじゃありませんか」

「そうかも知れませんが――」

「とにかく、誘拐されたわけではなく、冴子さんは、自分から、四国の巡礼に出かけたんですよ。だから、見つけたら、話し合って、連れ戻します。もし、すぐには帰りたくないといったら、僕も一緒に四国を巡礼して、納得させてから、東京に帰ります。それで、構いませんね？」

と、橋本は、いった。

「社長が、帰ってくれれば、私としては、嬉《うれ》しいんです。もちろん、その時には、成功報酬も、お支払いします」

と、寺沢は、いった。

「冴子さんと、亡くなったご主人の小田さんとは、仲のいい夫婦だったんでしょうね？」

と、橋本は、きいた。

「そりゃあ、もちろん、評判のおしどり夫婦でしたよ。子供がいないだけに、余計に、仲が良かったんだと思いますね」

と、寺沢は、いう。

「それでは、ご主人が亡くなった時は、冴子さんにとって、大変なショックだったでしょうね？」

「ええ。事故だっただけに、なおさらだったと、思いますよ」

「自動車事故だったと聞いていますが――」

「ええ。そうです。それから、奥さんは、いろいろと苦労なさったんですよ。ここへ来て、やっと、仕事も、メドがついたと、ほっとされていたんだと思います」

「それで、急に、巡礼を、思いつかれたのかも知れませんね」

と、橋本は、いった。

「社長が見つかったら、すぐ、連絡して下さい。お願いしますよ」

と、寺沢は、念を押した。

橋本は、腕時計に、眼をやってから、

「冴子さんが乗ったのと同じ列車に乗りたいので、これで失礼します」

と、いって、立ち上った。

5

橋本は、ひかり43号に乗って、岡山に向った。

乗った時には、感じなかったのだが、新大阪を過ぎる頃から、

(なぜ、新幹線なのか？)

と、考えるようになった。

新大阪まで、三時間。若い橋本でも、少し、疲れてくる。そのあと、岡山まで行き、更に、四国へ行く列車に、乗りかえなければならないのである。

(なぜ、飛行機にしなかったのだろうか?)

という疑問が、当然のこととして、起きてきた。

東京の人間が、四国へ行くのなら、当然、飛行機に乗ることを、考えるからだった。

羽田から、四国の徳島、高松、高知、松山の四ヶ所に、飛行機の便がある。

東京─徳島	一日五便	一時間一五分
東京─高松	一日七便	一時間二〇分
東京─高知	一日五便	一時間二〇分
東京─松山	一日八便	一時間二五分

これだけの便があり、時間も、一時間半以内である。

四国の八十八ヶ所霊場めぐりで、第一番札所の霊山寺《りょうぜんじ》は、徳島にある。ここから廻《まわ》ろうと思えば、飛行機で、徳島に行くのが、一番の早道だろう。

それを、新幹線で、岡山に行き、岡山から、また列車に乗るとすると、六時間は、かかってしまう。

〈小田冴子は、飛行機嫌いなのかも知れない〉

と、橋本は、考えた。

彼の友人にも、飛行機嫌いがいて、どんなに遠くても、飛行機に乗らない。冴子は、それなのかも知れないと、橋本は、考えた。

橋本は、ポケットから、四国の案内パンフレットを取り出して、眼を通した。

大いそぎで、四国の霊場めぐりの知識を頭に入れようと、自宅近くの本屋で、買ったものである。

〈四国の春は、霊場八十八ヶ所めぐりのお遍路の鈴の音と共にやってくる〉

それが、「霊場めぐり」の書き出しだった。

昔は、その鈴の音が、物哀《ものがな》しくひびいたものだが、現在は、バスや、マイカーに乗っての霊場めぐりもあって、楽しい観光地めぐりの感じもあるという。

霊場八十八ヶ所の寺は、弘法大師《こうぼうだいし》が、開いたものといわれている。

この八十八ヶ所の寺は、四国の海岸に沿って点在しており（四国の海岸を、ぐるりと廻っていて、数珠《じゅず》の形になっている）、景色のいい場所が多く、もともと、巡礼は観光も兼ねていたらしい。

遍路というのは、八十八ヶ所を巡礼することと、巡礼する人のことをいうとある。

お遍路の正式な服装は、白衣、おいずる、輪袈裟《わげさ》、手甲《てっこう》、脚絆《きゃはん》、地下足袋《じかたび》、白リュック、持鈴、念珠《ねんじゅ》、経木《きょうぎ》、雨具、菅笠、金剛杖《こんごうづえ》、三衣袋《さんえ》、納経札、経納札入れ、納経帳、納経軸で、各霊場近くの仏具店で、手に入ると、書いてある。

だが、この全部を揃《そろ》えなくてもいいとも、あった。

八十八ヶ所の寺は、四国の海岸線を、ぐるりと、廻っている。第一番の札所は、徳島（阿波《あわ》）の霊山寺で、最後の八十八番の札所は、香川（讃岐《さぬき》）の大窪寺《おおくぼじ》である。

だが、この全部を廻る必要はなく、次の四つの一つでも廻ればいいとも、書いてあった。

発心《ほっしん》の道場（阿波1番から23番）
修行の道場（土佐24番から39番）
菩提《ぼだい》の道場（伊予《いよ》40番から65番）
涅槃《ねはん》の道場（讃岐66番から88番）

小田冴子が、このどれを選んだのかは、わからない。

岡山から、四国に渡る特急列車は、何本か出ている。

松山行の特急しおかぜ
高知行の特急南風
徳島行の特急うずしお

冴子が、発心の道場の道を選んだのなら、特急うずしおに乗ったろうし、修行の道場なら、特急南風、菩提の道場なら、特急しおかぜに違いない。

涅槃の道場の道なら、別に、特急列車を利用しなくても、瀬戸大橋を渡る普通列車に乗ればいいだろう。

定刻の一四時丁度に、岡山に着いた。

五月十六日に、冴子が、ここまで来たことはまず、間違いないだろう。

問題は、この先である。

一四時に、岡山に着いた冴子は、ここから、どの列車に、乗りかえたのか。

橋本は、駅の時刻表に、眼をやった。一四時のすぐあとに、岡山を出る四国行の列車を、調べてみた。

一四時一九分発松山行　特急しおかぜ9号

一五時一九分発高知―中村行　特急南風9号
一六時四八分発徳島行　特急うずしお19号

特急列車は、この三本である。

特急以外の列車は、次の通りになっていた。

一四時〇二分発高松行　快速マリンライナー33号
一四時〇四分発観音寺《かんのんじ》行　普通列車
一四時三二分発高松行　快速マリンライナー35号

どの列車に、冴子が乗ったかわからない。まさか、全ての列車の当日の車掌に会って、話を聞くわけにはいかなかったし、不可能だろう。

そこで、橋本は、大胆に、推理することにした。

とにかく、冴子が、四国へ渡ったことは、まず、間違いないのだ。推理が間違っていたら、四国中を、探せばいいのである。

一四時〇二分発の快速マリンライナーと、一四時〇四分発の普通列車は、除外した。

一四時に、新幹線を降りて、この二本の列車に乗りかえるのは、無理だと、考えたからである。

特に、冴子は、お遍路の恰好《かっこう》をしているから、二分、四分で、乗りかえは、まず、不可能だろう。

残る列車は、四本である。

橋本は、この中から、更に、南風9号と、うずしお19号を、除外した。

一五時一九分発の南風9号に乗るのなら、東京を、一〇時〇七分に出るひかり43号に乗らなくても、一時間後の一一時〇七分発のひかり45号でも、十分、間に合うからだった。

一六時四八分発の特急うずしお19号なら、なおさらである。

最後は、一四時一九分発の特急しおかぜ9号と、一四時三二分発の快速マリンライナー35号の二本が、残った。

正直にいって、この二本の列車のどちらに乗ったか、橋本にも、全く、見当がつかなかった。

結局、橋本は、一四時一九分発の特急しおかぜ9号に乗った。この列車の方が、先に発車するからだった。

13番ホームに降り、橋本は、八両編成の、その列車に乗った。

行先は、終点の松山にした。先頭の1号車の半分がグリーンである。

橋本は、グリーンにした。もし、五月十六日に、冴子が、この列車に乗っていれば、グリーンにしたと、思ったからである。

車内改札に来た車掌に、橋本は、五月十六日も、この列車に乗務していたかどうか、聞いてみた。

だが、乗っていないという返事だった。世の中、そんなに上手《うま》くは、事が、運ばないのだ。

五月十六日に、しおかぜ9号に乗務した車掌の名前を聞いた。

「山中車掌だと思うが、松山で、調べてみなければ、はっきりしたことは、わかりませんね」

と、相手は、いった。

「調べて、下さい」

と、橋本は、いった。

橋本は、連絡する場合の相手の電話を聞いておいて、松山で、降りた。

一七時〇四分。まだ、十分に、明るかった。

橋本は、前に一度、松山に、というより、道後《どうご》温泉に来たことがある。温泉を楽しみに来たのではなく、人探しだった。

依頼人は、五十歳になる中小企業の社長で、十二年前、好きになった女性が、今、四国のホテル、旅館で、仲居をやっているという噂《うわさ》を聞いたから、探してくれというものだった。

橋本は、四国のホテル、旅館を探して、道後温泉で、見つけたのだが、彼女の方は、依頼主のことなど、もう忘れていた。橋本が話すと、やっと、思い出したが、明らかに、迷惑顔であった。

女は、すでに結婚していたのである。橋本は、見つからなかったと、依頼主に報告した。おかげで、成功報酬は貰《もら》えなかったが、あれで良かったのだと、今でも思っている。

その時と、松山の街は、あまり変っていないように、橋本には、見えた。

路面電車が、相変らず走っている。街の空気も、のんびりしている。

橋本は、その路面電車に乗って、道後温泉に向った。

車窓から、ずっと、松山市内を眺めていたが、市内に、お遍路の姿は、見当らなかった。

道後温泉駅で降り、近くの案内所で、ホテルを世話して貰った。

道順を書いて貰い、橋本は、ゆっくり歩いて行った。「坊ちゃん」で有名な、道後温泉本館の前を通る。この、明治二十七年に建てた共同浴場の周囲には、白鷺《しらさぎ》の飾りが、いくつも並んでいるのだが、それが、無くなっていたり、頭が、取れてしまったりしている。観光客が、いたずらするのだろうか？

ホテルに入ると、橋本は、夕食の前に、しおかぜ9号の車掌に、電話をかけた。

「五月十六日のことを聞いた方ですね」

と、相手は、いい、

「やはり、山中車掌でしたよ」

「話をしたいんですが」

橋本がいうと、相手は、その山中車掌を、電話口に、呼んでくれた。

橋本は、五月十六日の乗客の中に、お遍路の姿をした女性がいなかったかどうか、山中車掌に、きいてみた。

「多分、グリーン席にいたと思うんです。年齢は五十歳ですが、それより、若く見えたと思います」

「その方なら、覚えています」

と、山中車掌ほ、あっさり、いった。

橋本は、ほっとしながら、

「乗っていたんですね」

「ええ。その方なら、岡山から、乗っていらっしゃいましたよ。確かに、五月十六日の特急しおかぜ9号のグリーンです」

「彼女は、何処《どこ》で降りました？」

「終点の松山まで行かれましたよ。その先？　そこまでは、知りませんね」

と、山中車掌は、いった。

橋本は、電話を切った。

どうやら、小田冴子は、五月十六日に、この松山まで、やって来たのだ。

今日、橋本が、午後五時四分に、松山駅に着いたと同じく、彼女も、午後五時四分に、着いた筈《はず》である。

東京を、午前十時七分に出発してから、約七時間、列車を乗りついで、松山に着いたことになる。

若い橋本も、腰が痛くなったくらいだから、小田冴子は、疲れて、松山に着いたに違いなかった。

と、すれば、その足で、巡礼に行ったとは、思えなかった。

道後温泉にでも一泊して、翌日から、巡礼の旅に出たのではないだろうか？

（明日から、それを調べてみよう）

と、橋本は、思った。

6

道後には、約五十軒のホテル、旅館がある。近くの奥道後には、二軒のホテルがある。

翌日、橋本は、朝食のあと、精力的に、歩いた。

五月十六日に、お遍路の恰好をした中年の女性が、チェック・インしなかったかどうか、ホテル、旅館の一軒、一軒について、当る作業である。

十五軒目のホテルKのフロント係が、その女性なら十六日に、チェック・インしたと、答えた。

「お名前は、この宿泊カードにありますが、小田冴子様です」

と、フロント係は、そのカードを見せてくれた。確かに、小田冴子と書かれ、東京の住所も、のっていた。

「彼女は、前から、予約していたんですか？」

と、橋本はきいた。

「いえ、五月十六日の夕方、電話を下さったんです。四国の霊場の巡礼に来たんだが、足が痛くなってしまった。部屋が空いていれば、泊めて欲しいといわれましてね。丁度、空いていたので、お泊めしたわけです」

「それで、翌日、チェック・アウトしたんですか？」

「ええ。朝食のあと、チェック・アウトなさいました」

「行先は、どういっていました？」

「ここから、宇和島《うわじま》、宿毛《すくも》の方に、各札所を廻って行くつもりだと、おっしゃっていましたよ。この道後にも、太山寺《たいさんじ》とか、円明寺《えんみょうじ》といった札所がありますからね」

「他に、彼女は、何かいっていましたか？」

と、橋本は、きいてみた。

「そうですね。なんでも今年が亡くなられたご主人の三回忌とかで、ご主人のことを思い出しながら、歩いてみたいとおっしゃっていましたよ」

と、フロント係は、いった。

（やはり、そんな心境で、四国にやって来たのか）

と、橋本は、思った。

四国霊場八十八ヶ所の地図を見ると、フロント係がいったように、道後には、五十二番の太山寺、五十三番の円明寺があり、四国の西の海岸沿いに、札所の寺が並んでいる。

冴子が、ここから、霊場めぐりをしたとすれば、もう、ホテルには、泊らないだろう。八十八ヶ所の寺には、巡礼者用の宿泊設備を、持っているものが多いから、そこに、泊ったかも知れない。

橋本は、フロントで、宿泊できる札所の名前が書かれたパンフレットを貰った。

この近くでは、五十一番石手寺《いしてじ》、四十四番大宝寺《だいほうじ》、四十五番岩屋寺《いわやじ》に、宿泊できると、出ている。

泊るためには、予約が必要なようだが、橋本は、別に、そこに泊るのが、目的ではなくて、五月十六日以後に、冴子が、泊らなかったかどうか、聞けばいいのである。

翌日、橋本は、ホテルを出て、お遍路のように、歩いてみることにした。

東京を出る時から、歩くのを覚悟して、ブルゾンに、ジーンズ、スニーカーという恰好にしている。

ホテルの近くの土産物店で、菅笠だけを買い、それを頭にのせると、不思議なもので、お遍路らしくなった。

国道を歩くと、車の音がうるさく、排気ガスも嫌なので、脇道《わきみち》にそれる。

水田は、すでに、苗が植えられて、緑が美しい。そんな景色を見ながら歩くと、のんびりした気分になってくる。

自然に接しているという心持ちになるのだ。

しばらく歩いていると、一人、二人と、お遍路を、見るようになった。

老人が多いが、中には、二十代に見える若者もいる。

途中で、二十二歳だという大学生の男のお遍路が、話しかけてきた。

親友が、突然、心臓発作で死んでしまい、生きていることが、無意味に思えてきた。それで、霊場めぐりを始めたと、その大学生はいった。

もう五日間、歩いて来ているという。

「人生に、意味が見つかりましたか？」

と、並んで、歩きながら、橋本が、きくと、大学生は、照れたように笑って、

「駄目ですねえ。ぜんぜん、悟れません」

と、いった。

寺に着くと、大学生は、まじめに、何か祈り、橋本は、小田冴子の写真を見せて、お遍路姿で、来なかったかどうかを、聞いた。

橋本は、来ましたよという返事を期待したのだが、答は、わかりません、だった。

列車の中や、ホテルでは、お遍路姿は、目立つから、相手は、覚えているが、札所めぐりになると、お遍路姿が、珍しくなくなってしまうからだろうか？

陽が落ちて、寺の宿房を予約していない橋本は、内子《うちこ》駅近くの小さな旅館に、泊まることにした。

昔の旅籠《はたご》という感じの旅館で、お遍路姿の男女も、何人か、泊っていた。

橋本は、ここでも、旅館の主人に、冴子の写真を見せた。

ここでは、あっさりと、

「この人なら、見ましたよ」

と、旅館の主人が、いった。

「間違いありませんか？」

「確か、東京で、お店をやってるという人でしょう？　女で、社長をやってる？」

「そうです」

「それなら、あの人だ」

「名前も、聞きましたか？」

「宿帳に、書いて貰っていますよ」

と、主人はいい、それを見せてくれた。確かに、五月十七日のところに、小田冴子の名前が、記入されていた。住所の方も、間違いなかった。

橋本は、ほっとした。彼女は、ここまでは、間違いなく、やって来たと、わかったからである。

この先は、宇和島―宿毛と、歩いて、海岸線を、南下すれば、土佐清水《とさしみず》から、足摺岬《あしずりみさき》に着く。

冴子は、何処まで歩いて、満足して、東京に戻る気になっただろうか？

まだ、東京に帰っていないところを見ると、まだ、札所めぐりをしているということなのか。

橋本は、東京の寺沢に電話をかけて、冴子の足取りが、つかめたことを、告げた。

「しかし、社長は、まだ、戻って来ていませんよ。橋本さんも、社長の跡を追ってばかりいないで、先廻《さきまわ》りして、つかまえて、東京に連れ戻してくれませんか」

と、寺沢は、要求した。

「わかりました。明日になったら、やってみましょう」

と、橋本は、いった。

翌日、橋本は、歩くのを止《や》め、タクシーを拾って、足摺岬へ急ぐことにした。

足摺岬には、三十八番の金剛福寺《こんごうふくじ》があり、足摺の景色が見られるので、お遍路の多くが、この寺に寄ると、聞いたからだった。

車は、土佐清水市を抜け、岬の中央、山の尾根伝いに走る足摺スカイラインを通る。左右、両側に、太平洋が見える景色の素晴しい道路である。

足摺スカイラインを抜けると、海沿いの道に出る。

駐車場の近くには、道路沿いに、食堂や、土産物店が、並んでいた。

金剛福寺は、駐車場の近くにある。いかにも、南国の寺の感じで、タブという熱帯樹が、寺の裏に、生い茂っていた。

五、六人の、女性ばかりのお遍路さんが、来ていた。

橋本は、寺の本堂のところに、記帳用のノートがあるのを見て、そのページを繰ってみた。

やはり、あった。

五月十九日のところに、小田冴子の名前が書かれてあったのだ。

十八日でないところをみると、内子の旅館に、十七日に泊ったあと、この金剛福寺に来る途中で、一泊したのだろう。

冴子は、この金剛福寺の次は、どこの寺へ行ったのだろうか？

橋本は、八十八ヶ所の札所を書いた地図を広げてみた。

普通に考えれば、次は、三十七番の岩本寺《いわもとじ》だろう。

この足摺から、四万十《しまんと》川を渡り、高知の海沿いに、窪川《くぼかわ》まで行けば、そこに、岩本寺がある。

しかし、三十八番金剛福寺と、三十七番岩本寺の間が、八十八ヶ所の中で、一番距離があると書いてある。その間の距離は、約百キロ。

この間を冴子が、歩いたのか、バスに乗ったのか、或《あ》るいは、中村から窪川まで、土佐くろしお電鉄に乗ったか、それは、わからない。

橋本は、とにかく、窪川まで行くことにした。

待たせておいたタクシーで、中村駅まで行き、そこから、列車に、乗った。

窪川に着くと、さっそく、岩本寺を訪ねた。ここにも、記帳用のノートが、備え付けてあった。が、いくら、ページを繰っても、小田冴子の名前は、記入されていなかった。

この日は、窪川市内の旅館に泊り、翌日、周辺の札所を、タクシーで走り廻り、ホテル、旅館を訪ねて、小田冴子のことを聞いてみた。

だが、どこにも、彼女が立ち寄ったという形跡は、見つからなかった。

足摺岬にある金剛福寺に、五月十九日に立ち寄ったあと、ぷっつりと、足跡が消えてしまったのである。

金剛福寺で、巡礼を止め、東京に帰ったのではない。現実に、東京には、戻っていないからである。

橋本は、高知のホテルで、考え込んでしまった。

考えられるのは、金剛福寺に立ち寄ったあと、事故にあったのではないかということだった。

身元が、わからないままに、事故死ということで、始末されてしまったのではないだろうか？

或いは、車にはねられるかして、頭を強く打ち、記憶を喪失したまま、四国の、どこかの病院に入院しているのかも知れない。

翌日、橋本は、高知市内の図書館に行き、四国で出ている新聞に、片っ端から、眼を通してみた。

特に、五月十九日以後の紙面にである。

しかし、身元不明の女性の死者があったとか、交通事故で、病院に運ばれたという記事は、見つからなかった。

この結果を、橋本は、東京で、返事を待っている寺沢に、正直に、告げた。

「それは、どういうことですか？　うちの社長が、四国で、消えてしまったということですか？」

と、寺沢は、怒ったような声で、きく。

「ご自分から、姿を消してしまったか、或いは、金剛福寺を出たあと、何者かに、誘われたかということです」

「しかし、身代金の要求なんか、全く、ありませんよ」

「それなら、四国の霊場めぐりをしている間に、考えることがあって、ご自分から、姿を消してしまったことになりますね」

と、橋本は、いった。

第二章　足摺岬

1

一ケ月たった。

六月十五日。梅雨《つゆ》の最中で、この日も、朝から、どんよりと曇り、妙に、むし暑かった。

岡山発一四時一九分の特急しおかぜ9号は、定刻に、岡山を発車した。

1号車のグリーンに、四十五、六歳の、地味な背広姿の男が、岡山から、乗って来た。

車掌の島野が、この男が、何となく気になったのは、ひどく、落ち着きがなかったからである。

特急しおかぜのグリーンは、1号車の半分しかない。それでも、梅雨時のせいか、すいていて、七、八人の乗客しかなかった。

問題の男は、島野が、車内検札をしている間、しきりに、車内を見廻《みまわ》していた。

そのあと、気になって、グリーンをのぞくと、相変らず、この男は、時々、窺《うかが》うように、車内を見廻しているのである。

(誰かに、追われてでもいるのだろうか?)

と、島野は、思ったりした。

男の持っていた切符は、終点の松山までのものである。

そのため、島野は、列車が駅に着き、グリーンに、新しい乗客が乗るたびに、車内検札に行き、その男の様子を見ることが、出来た。

どうやら、男は、新しい乗客が乗ってくると、びくっとしたように、相手を窺っている感じだった。

(何かに、怯《おび》えているみたいだな)

と、島野は思った。

地味な服装で、頭髪は、かなりうすくなっている。一見したところ、冴《さ》えない中年男という感じなのだが、よく、観察すると、腕にはめているのは、百万以上するロレックスの腕時計だった。

左手の薬指にはめている指輪には、かなり大きなダイヤがついている。島野は、結婚十五年目ということで、去年、無理して、〇・五カラットのダイヤの指輪を妻に贈ったが、男の指輪についている大きなダイヤは、どうみても、五カラットは、ありそうだった。

(妙な男だな)

と、島野は、思った。

腕時計と、指輪を見る限り、かなりの金持ちに思えるのだが、全体としてみると、地味な感じなのだ。

男は、ルイ・ヴィトンのボストンバッグを持っていた。

列車が、新居浜《にいはま》に停《と》ったとき、男が、そのボストンバッグから、魔法びんを取り出すのを、島野は、目撃した。

のどが、渇いたのか、男は、その魔法びんに、口をつけていた。

列車は、終点の松山に向って、走る。

新居浜の次に、伊予西条《いよさいじょう》、壬生川《みぶがわ》、今治《いまばり》と、停車したが、新しく、グリーンに乗ってくる乗客はなかった。

車掌の島野は、車内検札の必要がないので、ずっと、乗務員室にいた。

終点の松山が近づいたので、島野は、もう一度、グリーン車を、のぞいてみた。

あの男は、寝ているように見えた。

だらしなく、肘《ひじ》かけにもたれるようにして、身体《からだ》を斜めに、動こうとしない。

(おかしいな?)

と、島野が思ったのは、魔法びんが、足もとに転がり、カップ兼用のフタも、床に落ちていたからだった。

間もなく、終点の松山に着くという車内アナウンスで、乗客が、立ち上って、出口の方へ、歩き始めた。

だが、あの男は、寝たままである。

「もし、もし、間もなく、松山ですよ」

と、島野は、声をかけた。

だが、男が、ぴくりとも動かないので、島野の表情が、急に、こわばった。

（死んでいるんじゃないか？）

と、思うと、触れるのが怖くなって、立ちすくんで、男を見つめた。

その間に、列車は、松山駅に到着した。

島野は、ホームに飛び降りて、問題の乗客のことを、報告した。

そのあと、救急車が呼ばれ、ぐったりした男は、近くの病院に運ばれたが、すでに、死亡していた。

変死ということで、松山署から、戸田警部たちが、病院と、松山駅に分かれて、捜査に急行した。

戸田は、松山駅に行き、特急しおかぜ9号の島野車掌から、話を聞いた。

ルイ・ヴィトンのボストンバッグと、魔法びんを、押収した。

ルイ・ヴィトンのボストンバッグの中には、着がえの下着、携帯電話などと一緒に、一千万円の札束が、入っていた。

「やっぱり、強奪犯人か何かだったんですかね」

と、島野車掌が、いう。

「なぜ、そんな風に、思うんですか？」

と、戸田は、きいた。

「とにかく、落ち着きがなくて、しょっちゅう、まわりの様子を、窺っている感じでしたからね。会社の金を横領して、逃げているのか、それとも、強盗犯人じゃないかと、思っていたんです」

と、島野車掌は、いった。

戸田は、そのボストンバッグなどを、松山署に、運ぶように命じてから、病院へ廻ってみた。

先に着いていた部下の吉田刑事が、戸田を迎えて、

「医者は、毒物死だと、いっています」

と、報告した。

「そうだろうね。他に、何かわかったことは？」

「持っていた運転免許証で、身元が、わかりました」

と、吉田はいい、運転免許証を、戸田に手渡した。

〈東京都世田谷《せたがや》区松原×丁目

寺沢　誠〉

これが、免許証にあった住所と、名前である。

「東京の人間か」

と、戸田は、呟《つぶや》いてから、

「所持品は？」

と、きいた。

「それが、すごいものを、身につけていました」

「すごいもの？」

「そうです」

と、吉田は、肯《うなず》き、死んだ男の所持品を、並べてみせた。

腕時計

指輪

キーホルダー
財布
手帳
ボールペン
名刺入れ（名刺十枚）

これが、所持品だった。

「腕時計は、ロレックスで、二百万近いものです」

と、吉田は、いった。

「君は、よく知ってるね」

と、戸田が感心すると、吉田は、笑って、

「私が、知ってるわけがありません。ここの病院長が、貴金属のことに詳しくて、教えてくれたんです。指輪に埋め込まれているダイヤも、本物で、五カラットはあると、いっていました」

「なるほどね。本物のダイヤか？」

「院長は、ニセモノとは、思えないと、いっています。それに、名刺を見て下さい」

と、吉田は、いった。

戸田は、名刺入れから、同じ、寺沢誠の名刺を取り出した。

〈テラザワ宝石ＫＫ　取締役社長

寺沢　誠〉

と、印刷されている。宝石店の場所は、銀座三丁目だった。

「なるほど、宝石店の社長か」

と、戸田は、肯いた。

財布は、赤皮のカルチェで、三十万近い金額の札が、入っている。

最後に、戸田は、黒皮の手帳を、手にとって、ページを繰っていった。

ほとんど、記入されていなかった。

戸田は、今日、六月十五日のところを見た。

〈道後温泉　Ｓホテル

予約係　柴田《しばた》（女）〉

と、書かれていた。

どうやら、今日は、道後温泉のSホテルに、泊ることにしていたらしい。

更に、ページを繰っていくと、二つに折りたたんだメモ用紙が、見つかった。

それを、広げてみる。


〈足摺岬〉


と、そのメモ用紙には、書かれていた。

戸田は、Sホテルの文字と、比べてみた。筆跡は違っていた。

戸田は、刑事二人を、道後温泉のSホテルにやり、実際に、死んだ男が、予約していたかどうか、調べさせることにした。

殺人の疑いがあるというので、松山署に、捜査本部が、置かれた。

道後温泉に出かけた刑事は、帰って来て、

「間違いなく、死んだ寺沢誠は、Sホテルに予約していました。今日六月十五日一泊です。電話を受けたルーム予約係は、柴田という女性でした」

と、戸田に、報告した。

翌日の十六日になって、司法解剖の結果がわかった。

死因は、予想どおり、青酸中毒による窒息死である。

魔法びんの中には、紅茶が入っていたが、その紅茶の中から、青酸が検出された。

免許証にあった世田谷の自宅には、戸田が電話をかけていた。

電話口に出た女に、寺沢誠が、死んだこと、松山に来て欲しいことを告げると、彼女は、

「行きます」

とだけいって、向うから、電話を切ってしまった。

戸田は、妙な気がした。

相手は、当然、なぜ死んだのかを聞く筈《はず》なのだ。いや、警察からの電話だから、殺されたのかと聞く筈である。

それなのに、相手は、何も聞かず、行きますとだけいって、電話を切ってしまった。

（やけに、冷たいな）

と、戸田は、思った。

その女は、十六日にも、現われず、十七日の午後になって、やっと、松山署に、姿を見せた。

年齢は、二十七、八歳。背のすらりと高い、モデル風の美人だが、名前は、寺沢ではなく、川村みゆきと、名乗った。

どうやら、寺沢の正式な妻ではなく、内縁関係らしいと、戸田は、思った。

「殺された寺沢誠さんとの関係から、お聞きしましょうか」

と、戸田は、まず、きいた。

川村みゆきは、特徴のある大きな眼で、戸田を見返しながら、

「関係といわれても、困るんだけど、社長が、奥さんと別れてから、来てくれっていうから、家に住むことになったのよ」

と、いった。

「つまり、内縁の関係ということですね？」

「そうなのかな」

「ところで、寺沢さんは、何をしに、四国へ来たか、聞いていますか？」

と、戸田は、女の顔を見た。

「ただ、ちょっと、仕事で、四国へ行ってくるといっただけだったわ」

「仕事？」

「そういってたけど」

「足摺岬へ行くとは、いっていませんでしたか？」

「聞いてないわ。だいたい、あたしは、四国に関心がないから」

と、みゆきは、いった。

「寺沢誠というのは、どんな人でした？」

と、戸田は、きいてみた。

「ケチな悪党――かしら」

みゆきは、顔色も変えずに、そんなことをいった。

「なぜ、そんな風に、考えるんですか？」

戸田は、興味を感じて、きいた。

「あの宝石店は、もともと小田冴子って、女の人が社長だったのよ。今の社長の寺沢は、副社長だったわけ。その女社長が、一ケ月前に行方《ゆくえ》不明になったら、どうやったかわからないけど、寺沢が、いつの間にか、社長におさまってたのよ」

と、みゆきは、いう。

「だから、悪党ですか？」

「ええ」

「女社長には、家族はなかったんですか？」

「旦那《だんな》は、亡くなって、未亡人だったみたい」

「ケチというのは、どういうことですか？」

と、戸田は、きいた。

「あの宝石店は、銀座でも、大きい方よ。そこの社長になったんだし、家に来いというんだから、ぜいたくをさせてくれると思うじゃない。それが、いざ、家に入ったら、ひどいものなのよ。一ケ月に五十万くれて、これで食事から全部、やってくれといわれてね。これじゃあ、まるで、お手伝いみたいなものじゃないの。呆《あき》れたわ」

「だから、ケチか？」

「ケチだわ」

「それじゃあ、評判は、あまりよくなかったでしょう？」

と、戸田は、きいた。

「そうね」

「殺されて、当然ですか？」

「かも知れないわ」

「寺沢さんを嫌っていた人は、何人もいたわけですか？」

と、戸田は、きいた。

「いた筈《はず》だわ」

「憎んでいた人もいましたか？」

「多分ね。でも、あたしは、誰が社長を憎んでいたかなんか、知らないし、興味ないわ」

と、みゆきは、用心深く、いった。

「前の女社長は、どうして、行方不明になったんですか？」

「それが、よくわからないの。菅笠《すげがさ》に、白装束というお遍路さんの恰好《かっこう》で、突然、四国へ出かけて、そのまま、行方不明になってしまったのよ」

と、みゆきは、いった。

戸田は、そんなニュースに、記憶があった。地元の新聞に、のったのだ。

「確か、亡くなったご主人の菩提《ぼだい》を、とむらうために、お遍路になって、四国の霊場めぐりをしたというんじゃなかったですかね？」

と、戸田は、きいた。

「そういう話も、聞いたことがあるわ。女社長が行方不明になった頃、いろんな噂が流れたから」

と、みゆきは、いう。

「それが、一ケ月前ですね？」

「ええ」

「寺沢さんは、行方不明の女社長を探しに来たとは、思いませんか？」

と、戸田は、きいた。

みゆきは、小さく、肩をすくめて、

「一ケ月もたってから？」

「そうです」

「それは、あり得ないわ。もし、見つかったら、彼は、社長の椅子《いす》から、落っこちてしまうのよ。それを知っていて、女社長を探すのは、自殺行為じゃないの」

と、みゆきは、笑った。

確かに、その通りかも知れない。しかし、それなら、なぜ、四国にやって来たのだろうか？

戸田は、みゆきを、寺沢の遺体のところに連れて行き、確認させた。彼女は、死体を見ても、別に、顔色を変えるでもなく、平然としていた。それを見ていると、女から、寺沢という男が、どう思われていたか、よくわかるような気がした。

だが、もちろん、川村みゆきの話だけで、死んだ寺沢の人物像を、決めてしまうわけにはいかなかった。

みゆきは、ぜいたくが出来ると思って、宝石店の社長である寺沢と、つき合ったのだろう。ところが、期待しただけの金を払ってくれなかった。だから、腹を立てて、悪《あ》しざまにいうのだろう。

そんな女だけの評価で、断定してしまうのは、寺沢という男の輪郭を、間違えて作ってしまう危険がある。

戸田は、警視庁に連絡をとり、寺沢誠について、調べてくれるように、依頼した。

これで、正確な人物像が、出来あがるだろうし、人間関係も、わかってくる筈だ、と思った。

「あと、気になるのは、足摺岬です」

と、戸田は、捜査本部長の神田に、いった。

「被害者の手帳に、はさまっていたメモのことかね?」

と、神田が、きく。

「そうです」

「しかし、それは、寺沢が十五日に、道後温泉に一泊し、翌日、足摺岬へ行くことにしていたということだろう? その前に、死んでしまったんだから、捜査で、足摺岬を、考える必要はないんじゃないかね」

と、神田は、いった。

「そうもいえないと思います」

と、戸田は、いった。

「理由は?」

と、神田が、きく。

「ひょっとすると、寺沢は、足摺岬で、誰かと会うことになっていたんじゃないかと、思うんです」

「それは、あり得るが、それが誰かわからなければ、捜査の対象かどうか、わからないじゃないか」

「寺沢が、足摺岬で会うことになっていたのは、犯人かも知れません」

と、戸田は、いった。

だが、神田本部長は、ニコリともしないで、

「それで？」

と、先を促した。

「もし、十六日に、犯人が、足摺岬で、寺沢と会うことにしていたのなら、足摺岬に行けば、何かつかめるかも知れません」

と、戸田は、いった。

「君のいう通りだったとしても、犯人は、十五日に、寺沢を毒殺してしまったんだ。殺してしまった男を、翌日、十六日に、じっと待っている筈がないだろう。犯人は、計画を変えたんだよ。だから、犯人は、足摺岬には、行ってないと思うがね」

と、神田は、いう。

「その通りだと思います」

「それでも、足摺岬へ行く必要があると、思うのかね？」

「犯人は、多分、足摺岬の旅館か、ホテルを予約していると思うのです。予定を変更したので、予約を取り消した筈です。その人物を、探し出します」

と、戸田は、いった。

戸田の主張が入れられ、彼は、部下の若い杉山刑事を連れて、足摺岬に向った。

戸田は、杉山の運転するパトカーに乗り、八幡浜《やわたはま》—宇和島と抜けて、南下した。

戸田は、三回ほど、足摺岬へ行ったことがある。

今日は、足摺岬の景色を楽しむものではなく、特急しおかぜの車内で起きた殺人事件の捜査である。

それでも、土佐清水から、岬に向って、海岸線を走ると、嫌でも、海の青さに、眼を奪われてしまった。

太平洋に突き出た足摺岬は、隆起した海岸線で、七、八十メートルの切り立った断崖《だんがい》になっている。

また、椿《つばき》で蔽《おお》われた海岸でもある。

そして、よく、絵ハガキに出てくる白い灯台。

この岬の先端辺りに、金剛福寺があり、ホテル、旅館が建っている。

そのホテル、旅館に、一軒ずつ寄って、戸田は、聞き込みを行った。

聞くことは、六月十五日前後に、予約して、急に、キャンセルした客のことである。

季節は、まだ、梅雨の盛りで、観光客も少く、当然、ホテル、旅館の予約も少い。それだけに、調べるのも、楽だった。

念のために、土佐清水、中村まで、調査範囲を広げたが、十四、十五、十六日に、予約してあって、急にキャンセルした客は、見つからなかった。

（的外れだったのか？）

と、戸田は、がっかりしたが、考え直すと、

（逆かも知れないな）

とも、思った。

寺沢殺しの犯人だったら、急に、キャンセルしたら、怪しまれるだろう。とすれば、キャンセルせずに、予約した通りに、泊って行ったのではないか。

そう考え、戸田は、十五日にチェック・インし、十六日に、チェック・アウトした泊り客を、メモすることにした。

足摺岬、土佐清水、それに、中村と調べて、該当する人間は、三人だけだった。

宿泊カードに書かれた住所と名前を、手帳に書き止めたが、それを、鵜《う》呑《の》みには出来なかった。

もし、寺沢毒殺に関係している人間なら、本名も、本当の住所も、書かないに違いなかったからである。

戸田は、この三人について、フロント係や、客室係から、人相を聞き、似顔絵を作った。あとになって、容疑者になった時のためである。

夜になってしまったので、戸田は、電話で、捜査本部長に連絡し、足摺岬のH旅館に、杉山刑事と、泊ることにした。

翌朝、七時半に、用意された朝食をとっていると、旅館の表の方が、急に、騒がしくなった。

「何だろう？」

と、戸田がいうと、杉山が、

「見て来ます」

と、いって、立って行ったが、五、六分して、戻ってくると、

「この近くの天狗《てんぐ》の鼻近くに、女の死体が、漂着して、大さわぎになっているそうです」

と、報告した。

殺人事件を、捜査している最中だったし、殺された寺沢が、「足摺岬」と書いたメモを持っていたこともあって、戸田は、反射的に、きつい表情になって、

「どんな女だ？」

と、きいた。

「くわしいことは、わかりません。海岸へ行って、調べて来ますか？」

「私も行くから、早く、食べてしまえ」

と、戸田はいった。

2

断崖が、細く、海に突き出している。

その先端近くに、展望台がある。そこに、十二、三人が集って、崖《がけ》の下を、眺めていた。

戸田は、杉山と、その野次馬の中に入り込んで、断崖の下の海を見下した。

ロープ伝いに、崖をおりて行った高知県警の警官たちが、白い衣裳《いしょう》の女の水死体を、引き揚げているのが見えた。

眼をこらすと、白いとだけ見えたのが、どうやら、お遍路の衣裳とわかった。

死体は、岩の上に引き揚げられたが、それを数十メートルの断崖の上まで揚げるのが、大変だった。

クレーン車が、出動し、死体を担架にのせ、担架ごと、引き揚げる方法が、とられた。

作業が、完了したのは、三時間後である。

長い間、海水につかっていたのか、顔も、身体も、異様にふくれあがって、人間のようには見えなかった。

県警の検死官が、

「一ケ月くらい、たっているよ」

と、喋《しゃべ》っているのが、戸田にも、聞こえた。

戸田は、警察手帳を見せ、県警と一緒に死体を、見させて貰《もら》った。

「これは、自殺ですよ」

と、県警の、三浦という警部が、戸田に、いった。

「なぜ、自殺と、わかったんですか？」

「仏さんの身元が、わかったんです」

と、三浦は、いい、お遍路が、胸元から下げている袋の中にあったという運転免許証を、見せてくれた。

〈小田冴子　東京都新宿区四谷三丁目
　　　　　　ヴィラ四谷４０５号〉

それが、免許証にあった名前と、住所である。

「この名前、どこかで、見たような――」

と、戸田が、いうと、三浦は、肯《うなず》いて、

「そうでしょう。一ケ月前に東京の宝石店の女経営者が、お遍路姿で、行方不明になったと、新聞にのったことがあるでしょう？　その女社長と、同じ名前です」

「そうだ。そうでしたね。なんでも、長年、連れ添った夫が亡くなって、その菩提《ぼだい》を弔うために、四国の霊場めぐりをしていて、行方不明になったと書いてありましたね」

「その旦那《だんな》の写真も、一緒に、入っていましたよ」

と、三浦は、写真を見せてくれた。

海水につかっていたので、変色してしまっているが、中年の男女が、写っているものだった。女も、免許証の写真と同じである。

「それで、自殺ですか？」

と、戸田は、男女の写真を見ながら、きいた。

「亡夫のことを考えながら、霊場めぐりをしている内に、旦那のいない世の中に、おさらばしたい気持になったんじゃないかな」

と、三浦は、いった。

「それで、自殺ですか？」

「どこかは、わからないが、海に飛び込んだ。それが、一ケ月して、この足摺岬に、浮きあがって、流れついたんだと思いますよ。検死官も、死後一ケ月ぐらいは、たっていると、いっていますからね」

「夫のもとに、帰ったというわけですか――」

「それだけ、愛していたんじゃありませんかね。羨《うらや》ましいといえばいえますよ。うちの家内なんか、あんたが死ねば、せいせいするって、笑ってますからね」

と、三浦は、笑った。

「これだけ、顔が変形してしまうと、本人かどうか、わかりませんね」

戸田が、いうと、それを、批判と受け取ったのか、三浦は、眉《まゆ》を寄せた。

「もちろん、この仏さんが、小田冴子本人かどうか、確かめますよ」

と、いった。

その言葉どおり、指紋や、血液型などを使って、水死体が、小田冴子本人であるかどうかの確認をした。

その結果が、夕刊に、のった。

高知県警が、自殺の可能性が強いと発表したので、新聞の報道も、その発表に沿ったものになった。

〈美しい夫婦愛か。一ケ月前に、亡夫のあとを追っていた女社長！〉

そんな見出しが、大きく、新聞に、のった。

お遍路姿で、死んでいたことが、美談調にさせたのかも知れない。

戸田は、松山署に戻って、この新聞記事を読んだ。

「小田冴子というのは、車内で殺された寺沢誠と、関係のある女だろう？」

と、神田本部長が、戸田に、きいた。

「そうです。小田冴子が、社長だった銀座の宝石店で、寺沢は、副社長をやっていたんです」

「そして、寺沢は、社長に、なった」

「ええ。宝石店を、乗っ取ったという噂《うわさ》もあるようです」

と、戸田も、いった。

「そうだとしたら、寺沢が、社長の小田冴子を、自殺に見せかけて殺したということも、十分に考えられるんじゃないのかね？」

と、神田は、きいた。

「その可能性は、十分にありますが、高知県警は、自殺と、考えているようです」

と、戸田は、いった。

「向うさんは、間違っているんじゃないのか？」

「かも知れませんが、これは、高知の所轄ですから」

宝石店の社長の小田冴子は、夫を亡くした悲しみから、一ケ月前、お遍路姿で、四国の霊場めぐりに、やって来た。

前から、宝石店の乗っ取りを狙《ねら》っていた副社長の寺沢は、ひそかに、東京から、四国にやって来て、小田冴子を、足摺岬か、どこかの海岸から、突き落として、殺した。

小田冴子は、行方不明ということになった。寺沢は、まんまと、社長の席に、おさまった。

そして、一ケ月たち、海に沈んでいた小田冴子の死体が、浮きあがり、足摺岬に漂着した。

このストーリイも、本部長のいう通り、十分に、あり得るのだ。

「しかし、その寺沢が、特急しおかぜの車中で、毒殺されていますが」

と、戸田は、神田に、いった。

「それは仇討《あだう》ちだよ」

と、神田は、あっさり、断定した。

「仇討ちですか？」

「そうだよ。小田冴子にも、友人、知人がいるだろう。かなり、美人だったようだから、ひそかに、彼女を愛していた男がいたことだって、考えられるじゃないか。そういう連中の一人が、小田冴子は、四国で殺されたんじゃないかと、考えた。特に、寺沢が、社長におさまってみると、彼が、社長になりたくて、小田冴子を殺したんじゃないかと疑ったとしても、おかしくはない」

と、神田は、いった。

「寺沢の持っていた『足摺岬』のメモは、何でしょうか？　筆跡は、寺沢とは、違いますが」

と、戸田が、きく。

「そんなことが、わからんのかね」

と、神田は、いった。

「ちょっと、わかりませんが――」

「小田冴子の仇を討とうと考えた人間を、仮に、Xとしよう。Xは、寺沢が、宝石店を乗っとるために、四国で、冴子を殺したに違いないと、思った。だが、証拠はない。そこで、Xは、寺沢を試してやろうと、『足摺岬』と書いたメモを、彼の傍《そば》に、置いておく。多分、Xは、寺沢が、足摺岬で、小田冴子を突き落したんだろうと、目星をつけていたんだろう。それで、動揺すれば、寺沢が殺したと、Xは、考えたんだな。案の定、寺沢は、動揺し、急に、四国へ行ってくると、いい出した。Xはそれで、寺沢が犯人と断罪し、小田冴子の仇を討つために、彼が、いつも旅行に持って行く紅茶の中に、青酸カリを、入れておいたのさ。何も知らない寺沢は、その青酸入りの紅茶の詰った魔法びんを持って、四国へ出かけた」

「なぜ、わざわざ、四国へ出かけたんでしょう？　素知らぬ顔をしていればいいのに」

と、戸田は、まだ、納得しきれない顔で、本部長に、きいた。

神田は、そんなこともわからないのかという顔で、

「君だって、犯罪者心理というのを、よく知っているだろうが」

「一応は、知ってる積りですが――」

「それなら、すぐわかるだろうが。犯人は、いつだって、怯《おび》えているものさ。死体を、どこかに埋めれば、いつ、その死体が発見されるんじゃないかとね。寺沢だって、同じだったんだよ。四国の海に、突き落して、小田冴子を殺したが、いつ、死体が、浮んで発見されるかと、心配だった。計画した通り、自殺に見えれば、いいが、ひょっとして、自分が犯人だということを示す何かが、死体に付いているんじゃないか。死体の手が、自分の背広のボタンでもつかんでいるのじゃないか。犯人は、そんなことが、次々に、心配になってくるもんだよ。こんなことは、君だって、わかっているだろう？　だから、寺沢は、心配になって、自分が、突き落した足摺岬に行ってみることにしたんだよ」

「よくわかりましたが、寺沢は、まっすぐ、足摺岬には行かず、いったん、道後温泉に、泊ることにしていました。これは、なぜなんでしょう？」

と、戸田は、きいた。

「寺沢は、多分、人を殺したのは、生れて、初めてだったろう」

と、本部長は、いう。

「前科はなかったようです」

「それなら、怖くて、まっすぐには、足摺岬へ行けなくても、不思議はないだろう。だから、いったん、道後温泉に泊り、様子を見ながら、足摺岬に行ってみるつもりだったんだよ。これが、普通の犯罪者の心理というものだよ。わかったかね」

本部長は、得意気に、いった。

3

東京の警視庁に、足摺岬で、小田冴子の溺死体《できしたい》が見つかったという知らせは、最初に、高知県警から、もたらされた。

冴子は、お遍路の姿で死んでおり、また、一ケ月前、松山から、寺をめぐりながら、足摺岬に向い、最後に、足摺にある金剛福寺に寄っていることが、確認されたので、夫を亡くしたことの悲しみから、海に身を投げて、自殺したものと考えられるというものだった。

続いて、今度は、愛媛県警からの連絡が、入った。

同じ小田冴子の死を伝えているのだが、こちらは、彼女は、自殺に見せかけて、殺されたのであり、その犯人は、六月十五日に、特急しおかぜ9号の車内で毒死した寺沢誠だというものだった。

捜査一課の十津川は、本多一課長に呼ばれて、二つの連絡を、見せられた。

「とにかく、眼を通してくれ」

と、本多がいうので、十津川は、その場で、読んでみた。

「不謹慎かも知れませんが、面白いですね。高知と、愛媛の二つの県警が、これだけ、見方が違いますと」

と、十津川は、感想を、口にした。

「いずれにしろ、捜査協力を、要請して来ているんだ。高知県警の場合は、死んだ小田冴子についてだけ、知らせればいいが、愛媛県警の場合は、仇討ちだといっているんだ」

「仇討ちをした人間を、見つけ出さなければ、なりませんね」

と、十津川は、いった。

「そうなんだ。どうも、読んだ限りでは、愛媛県警の方が説得力がある」

と、本多は、いった。

「それは、現実に、寺沢誠が、青酸入りの紅茶を飲んで、死んでいるからでしょう。誰だって、その事件と、一ケ月前の小田冴子の死を結びつけて、考えますから」

と、十津川は、いった。

「ともかく、一ケ月前に死んだ小田冴子と、今度、毒死した寺沢誠について、調べてみてくれ」

と、本多は、いった。

十津川は、二つの県警からの連絡を持って、部屋に戻り、亀井刑事に話すと、亀井は、

「その事件なら、前に、橋本君が、調べていたようですよ」

と、いった。

「橋本君が？」

「そうです。なんでも、四国に行ったまま、行方不明になっている宝石店の女社長を、探してくれと頼まれたが、見つからなかったといっていました。それが、確か、小田冴子という名前でした」

と、亀井は、いう。

「それなら、まず、彼に会って、話を聞こうかね」

「すぐ、呼びます」

と、亀井は、いった。

彼が、電話をかけ、橋本豊は、飛んで来た。

橋本は、紅潮した顔で、捜査一課に入って来ると、

「久しぶりに、この部屋に入りました」

と、十津川に、いった。

「懐しかったかね？」

「懐しいと同時に、怖かったですよ」

と、橋本は、いった。

十津川は、微笑して、

「わだかまりを捨てて、これからは、時々、遊びに来たまえ」

と、いってから、

「一ケ月前に、小田冴子のことを、調べたそうだね？」

「はい。探してくれと頼まれて、四国へ行きましたが、どうしても、見つからなくて、成功報酬を貰《もら》いそこねました」

「その小田冴子の死体が、足摺岬で見つかり、また、寺沢誠が、特急しおかぜの車内で、青酸中毒死しているんだ」

「それなら、新聞で読んで、びっくりしているんです。私に、小田冴子を探してくれと頼んだのは、当時、オダ宝石店の副社長だった寺沢誠でしたから」

と、橋本は、いった。

「寺沢が、君に、依頼したのか」

十津川は、ちょっと、意外な感じがした。愛媛県警は、寺沢が、小田冴子を殺したと、見ていたからである。

「そうです。寺沢が、依頼主です」

「その時、寺沢は、本当に、心配しているようだったかね？」

と、十津川は、きいた。

「最初に会ったときは、気の小さい番頭という感じで、本当に、女社長のことを心配して私に、探してくれと頼みに来たように、思ったんですが、その後、寺沢は、あの宝石店を、乗っ取って、社長におさまってしまいましたからね。本当に、心配していたとは、思えなくなりました」

と、橋本は、いった。

「寺沢が、女社長の小田冴子を殺したとは、考えられないかね？」

と、十津川は、きいた。

「社長になりたくてですか？」

「そうだ」

「しかし、それなら、なぜ、私に、探してくれと、頼んだりしたんでしょうか？」

と、橋本が、きく。

「それは、もちろん、カムフラージュさ。自分は、心配して、探していると、思わせるために、君を、利用したんだろう」

十津川がいうと、橋本は、「なるほど。そういうことですか」と、肯《うなず》いたが、すぐ、

「いや、違いますね」

と、首を振った。

「どう違うんだ？」

「私は、小田冴子の足跡を追って、新幹線で、岡山へ行き、岡山から、特急しおかぜで、

松山へ廻《まわ》り、そのあと、彼女の廻った通り、足摺岬にも行きました。その間、毎日、定時に、東京にいる寺沢に電話で報告していたんです。その時、彼は、必ず、電話に出ましたから」

と、橋本は、いった。

「君が、四国に行く前に、彼女を、殺しておいてから、何くわぬ顔で、君に、探してくれと、頼んだんじゃないのかね？」

「それもありません。私が、東京を出発した時、彼女は、四国の寺を廻っていたんです」

「転送電話ということは、どうだ？」

「それもないと思います」

と、橋本は、いった。

「寺沢は、小田冴子を、殺してないのか――」

「私は、彼を、犯人じゃないと、思います」

「しかし、今度、寺沢は、毒死している。社長になった男が、自殺する筈《はず》はないから、十中八九、他殺だよ」

と、十津川は、いった。

「寺沢が、女社長を殺して、店を乗っ取ったと思い込んだ誰かが、仇討《あだう》ちのつもりで、殺したのかも知れませんね」

「同じことを、愛媛県警は、考えているらしい」

と、十津川は、いった。

4

「君が、依頼を受けて、小田冴子を探した時のことを、話して欲しいんだ。彼女は、なぜ、急に、四国の霊場めぐりをすることにしたんだろう？」

と、十津川は、橋本に、きいた。

「彼女は、二年前に、夫を亡くしています。それまで、夫の仕事には、口を挟まないできたんですが、夫に死なれてから、社長になり、夢中で働いて、店も大きくしました。二年たって、ほっとして、急に、亡くなった夫のことを、考える気持になったんじゃありませんかね、三回忌ということもあったのかも知れません。突然、例のお遍路の姿になって、東京を出発したんです」

と、橋本は、いった。

「ちょっと待ってくれよ。東京を出発する時から、お遍路の恰好《かっこう》をしていたのか？」

「そうです」

「白装束で、菅笠をかぶって？」

「それに、金剛杖《こんごうづえ》を持ってです」

「普通は、四国に着いてから、その恰好になるんじゃないかね？」

と、十津川は、きいた。

「そうかも知れませんが、彼女は、その恰好で、自宅を出発しています」

「それは、本当に、小田冴子だったのかね？」

と、十津川は、きいた。

「彼女は、よく利用するタクシーを呼んで、自宅から、東京駅へ行っています。運転手も、よく、彼女をのせている男で、間違いなく、小田冴子だったと、いっていましたね」

と、橋本は、いった。

「それなら、間違いないだろう。ひとりで、四国の霊場めぐりをしたところをみると、よほど、亡くなった旦那《だんな》を、愛していたんだろうね」

と、十津川は、いった。

「そう思います」

「君は、小田冴子が、自殺したと思うかね？」

「わかりません。私は、彼女の足跡をたどって、四国を歩きましたが、生きている彼女に、会っていませんから」

と、橋本は、いった。

礼をいって、橋本を帰したあと、十津川は、西本と日下《くさか》の二人の刑事を呼んで、銀座の宝石店を、調べてくるように、いった。

「特に、寺沢が、社長におさまった事情を、調べてきてくれ」

と、十津川は、念を押した。

二人は、すぐ出かけて行ったが、調べるのに、時間がかかるらしく、戻って来たのは、七時間以上たってからだった。

「あまり、楽しい話じゃありません」

と、西本は、断ってから、

「社長の小田冴子が、四国へ行った時点で、オダ宝石店は、あまり、うまくいってなかったようなのです」

「おかしいな。彼女は、夫が亡くなったあと、懸命に、仕事をやって、店を広げたと、聞いたんだがね」

と、十津川は、首をかしげた。

「確かに、店は、大きくなりましたが、借金も増えていたんです」

と、西本は、いう。

「しかし、銀行からの借入金があっても、商売が順調にいっていれば、大丈夫だろう？」

「確かに、そうなんですが、女社長は、銀行からの借入れだけでは足りず、高金利の金も、借りていたんです」

「いくらぐらいだ？」

「約十億円です。融資していたのは、D金融という会社ですが、女社長が行方不明になると、不安になったといって、突然、全額を返済しろと、迫ってきたそうなんです」

と、日下が、いう。

「それで？」

「副社長の寺沢が、必死になって、走り廻り、金をかき集めて、返済して、何とか、店を潰《つぶ》さずにすんだというのです」

「それで、寺沢が、社長になったというわけか？」

と、十津川が、きいた。

「それも、理由の一つだったようです」

と、西本が、いった。

「その話は、事実なんだろうね？」

「D金融へ行って、小田冴子の借用証の写しも見せて貰いましたし、寺沢が、返済した時の領収証も、見せて貰いましたから、間違いありません」

「とすると、小田冴子が社長だった時、店の経営は、かなり、苦しかったということになるな」

「そうですね。店は大きくしたが、それだけに、無理をしていたということじゃありませんか」

と、西本は、いった。

「小田冴子は、自殺した可能性が、強くなってきたな」

と、十津川は、いった。

彼女は、商売に、苦労していた。それに、亡夫への思いが重なったとすれば、自殺してもおかしくはないからである。

「店の従業員たちは、小田冴子のことや、寺沢のことを、どう思っていたのかね？」

と、十津川は、西本と、日下に、きいた。

「それが、よくわかりません」

「よくわからないというのは、どういうことなんだ？　従業員に、聞いてみたんだろう？」

と、十津川は、きいた。

「実は、小田冴子が、社長をしていた頃の従業員は、全部、馘《くび》にして、寺沢が、新しい人間を、傭《やと》っていたからです」

と、西本が、いった。

「全員、辞めさせたのか？」

「そうです。古い従業員にしてみれば、寺沢が、社長になったのが、面白くなかったんじゃありませんか。それで、寺沢と、感情的な対立があったんだと思います」

と、日下が、説明した。

「じゃあ、明日、馘になった元の従業員を探して、小田冴子のことや、寺沢誠について、聞いてみてくれ。何しろ、寺沢が、毒殺されているからね」

と、十津川は、いった。

「妙な具合になってきましたね」

と、亀井が、十津川に、いった。

「そうだね。亡き夫を思う優しき女社長と、彼女が行方不明になったのをいいことに、店を乗っ取った悪党の副社長という図式が、崩れてきた感じだからね」

と、十津川は、いった。

「このまま、高知と、愛媛の両県警に、報告しますか？」

「いや、もう一日、調べてからにしよう。どうも、この事件は、いろいろとあって、また、新しいことが、わかるかも知れないからね。間違いのないところを報告したいんだ」

と、十津川は、いった。

「私は、もう少し危険なことを予感するんですが」

と、亀井はいった。

「危険な予感って？」

と、十津川は、きいた。

「前の社長の小田冴子が死に、新しい社長の寺沢は、毒殺されました。どうも、これだけでは、終らないような気がするんですよ」

と、亀井は、いう。

「それは、カメさんの勘かね？」

「そうです。その勘が当らなければいいがと、思うんですが――」

と、亀井は、いった。

第三章　メッセージは死

1

亀井は、これだけでは終りそうもないと、いったが、その後、一週間が過ぎたが、何事も、起きなかった。

十津川たちは、松山警察署に協力して、寺沢殺しの犯人を追っていたが、容疑者は、いっこうに、浮び上って来なかった。

まず、動機が、わからないのである。

寺沢は、小田冴子が、失踪《しっそう》したのをいいことに、店を乗っ取り、自分が、社長になった。

それに対する恨みということが、まず、考えられるのだが、寺沢を恨む筈《はず》の小田冴子は、

寺沢よりも先に、死亡しているのだ。

また、小田冴子には、子供もいない。

た。

唯一、考えられるのは、小田が社長をしていた頃の従業員である。

寺沢は、自分が、店の実権を握ると、従業員を、全て、馘《くび》にして、新しい人間を、傭《やと》った。

馘になった、元従業員が、それを恨んで、寺沢を、殺したのではないか。

だが、十津川が、調べたところ、きちんと、退職金は、支払われているのである。それでもなお、寺沢を殺すだろうか？

第一、わざわざ、寺沢を、四国へ呼びつけて殺すのは、不自然である。殺したければ、東京で、殺すだろう。

寺沢の女性関係も、十津川は、調べてみた。

寺沢は、自分が社長になった直後から、急に、女遊びを始めている。

主に、銀座、六本木あたりのクラブに通い、金にあかせて、ホステスと、関係を持っていた。

しかし、彼女たちから見れば、寺沢は、大事なお客の筈である。それを、殺してしまうとは、考えにくい。

その女たちに、男がいて、彼等が、寺沢をゆすっていたことも、十分に考えられた。

しかし、その線を追ってみたが、それらしい男は、浮んで来なかった。

最後は、寺沢と内縁関係にあった川村みゆきだった。

彼女は、寺沢が、ケチだと、悪《あ》しざまにいっている。

しかし、だからといって、彼女が、寺沢を殺すということは、考えにくかった。正式に、結婚していれば、寺沢の遺産は、みゆきのものになるが、内縁関係では、それも期間が短いのだから、彼女の手に入らないからである。

念のために、彼女の当日の行動を調べてみたが、はっきりしたアリバイがあった。

また、彼女の男関係も、調べた。男がいれば、彼が、寺沢を殺したかも知れなかったからである。

その結果、みゆきには奥田弘という恋人がいることが、わかった。

奥田は、売れないタレントだった。が、彼にも、ちゃんとしたアリバイがあった。

「寺沢が、何者かに、ゆすられていたことは、間違いないと思いますね」

と、亀井は、いった。

「ボストンバッグの中に入っていた一千万円の札束のことだろう」

と、十津川が、いった。

「そうです。あれは、犯人に要求されて、持って行ったんだと思いますね」

「しかし、犯人は、その一千万円を、奪っていませんよ」

と、西本が、いった。

「奪えない理由があったんだと思うね。例えば、寺沢が、毒死したのを見て、一千万入りのバッグを奪おうとしたとき、他の客に見られてしまったので、奪《と》らずに、あわてて、列車を降りることになってしまったというようなことだよ」

と、亀井は、いった。

「もう一つ、車掌の話だと、寺沢は、不安げに、きょろきょろと、車内を見廻《みまわ》していたということがある」

と、十津川が、いった。

「自分を脅迫している人間が、車内にいるかも知れないと、思ったということですか?」

と、日下が、きいた。

「そんなところだ」

「ゆすられていたということは、犯人が、一千万円を持って、四国へ来いと、寺沢に命じたわけでしょう?」

と、西本が、きいた。

「そうなるね」

と、亀井が、答える。

「そうなると、二つ、疑問が、わいて来ますよ。一つは、なぜ、東京で、やらずに、四国に来いと、命じたのかという疑問です。第二は、一千万円を持って来いといったのに、なぜ、毒殺してしまったかということです」

「だから、それは、殺しておいて、一千万円を奪おうと、最初から、犯人は、考えていたんだろう。なぜ、四国かは、私にもわからん」

と、亀井は、いった。

2

「寺沢が、『足摺岬』と書いたメモを持っていたことは、どう解釈したら、いいんでしょうか？　足摺岬で、一ケ月前に、失踪した小田冴子の水死体が見つかったことと、関係があるんでしょうか？」

と、北条早苗《ほうじょうさなえ》が、きいた。

十津川は、考えてから、

「難しい問題だね。寺沢をゆすっていた犯人が、彼に、まず、松山へ行き、それから、足摺岬へ廻れ、と指示していたのかも知れない」

「しかし、それまでに、寺沢は、殺されてしまっていますわ。寺沢に、足摺岬まで行かせたかったのなら、なぜ、その途中で、殺してしまったんでしょうか？」

と、早苗が、なおも、きく。

亀井が、面倒くさそうに、

「犯人は、いつ寺沢が死んでもよかったんだろう。足摺岬まで行って、死んでも、そこへ行く途中で死んでもだ。だから、犯人は、寺沢の紅茶入りの魔法びんに、青酸を入れておいたんだ。それだけ、寺沢を憎んでいたということじゃないのかね」

と、いった。

だが、早苗は、なおも、拘《こだわ》って、

「寺沢が愛飲する紅茶の中に、青酸を入れれば、その日の中に飲むことは、犯人にも、わかっていた筈ですわ。そうだとすれば、寺沢に、犯人が、足摺岬へ行けと指示したのは、おかしくなりますわ」

「確かに、おかしいといえば、おかしいがね。それは、犯人を逮捕すれば、はっきりすることだ。君は、この疑問が、犯人逮捕に、影響があると、思っているのかね？」

と、亀井が、逆に、きいた。

「そこまでは、わかりません」

「それなら、詰らん質問をせずに、寺沢の周辺を、もっと、徹底的に、調べたまえ。犯人は、必ず、被害者の周辺にいる筈なんだ」

と、亀井は、叱《しか》るように、いった。

刑事たちが、改めて、聞き込みに出かけてしまうと、亀井は、小さく、溜息《ためいき》をついて、

「最近の女は、男以上に、理屈っぽいですねえ」

と、十津川に、いった。

十津川は、笑って、

「それは、カメさんの認識不足だよ」

「そうですか？」

「男は理性的で、女は、感情的だというのは、男の幻想でね、本当は、逆なんだよ。男は、感情的で、女は、理性的なんだ」

「そうですかねえ」

「北条刑事が、いい例さ。彼女は、私やカメさんより、よほど、理性的だよ」

「まあ、彼女は、そうかも知れませんが――」

「それに、カメさんだって、彼女と同じ疑問を持っているんだろう？」

十津川は、見すかしたように、いった。

亀井は、頭をかいて、

「わかりますか？」

「わかるさ。ところが、答が見つからない。だから、北条刑事の質問が、煙たかったんだ。もし、答が見つかっていたら、きっと、君はいい質問をすると、賞《ほ》めていたと思うよ」

と、十津川は、いった。

「そうかも知れませんね」

「正直にいうとね。私も同じ疑問を持っているんだが、同じように、答が、見つからなくて、困っているんだ」

「警部もですか？」

「ああ。犯人が、必要もないことを、する筈がない。寺沢に、もし、犯人が、足摺岬について、何かいっていたのだとしたら、それは、そうする必要があったから、やったに違いないんだよ。今のところ、理屈に合わないとしてもだよ」

と、十津川は、いった。

「紅茶の中に、青酸を入れた殺しの方法については、どう思われますか？　北条刑事は、犯人が、寺沢に、足摺岬へ行けといっておきながら、途中で殺すような方法をとったのは、おかしいと、いっていましたが」

「犯人にとっては、矛盾していないのかも知れないよ」

と、十津川は、いった。

「しかし、表面的に見れば、矛盾していますよ。だから、私にも、答が、見つからないのです。寺沢は、岡山発、松山行の特急の中で死にましたが、下手をすれば、東京から岡山の間で、死んでいたかも知れないんです。新幹線で、岡山へ来たとすると、その車内で、青酸入りの紅茶を飲んでしまったかも知れないじゃありませんか。そうなれば、足摺岬へ行くどころじゃありません」

「犯人は、それでも、よかったんじゃないだろうか？」

と、十津川は、いった。

「どういうことですか？」

「犯人の目的さ」

と、十津川は、いった。

「目的ですか？」

「犯人の目的が、何だったかによって、全ての現象の意味が、違ってくる」

「それは、わかりますが」

「寺沢が、足摺岬と書かれたメモを持っていたのは、多分、われわれが考えるように、犯人が、寺沢に、何らかの方法で、メモに書いてある場所に、廻れと指示し、そのメモを、持っているようにと、寺沢に、命令したのかも知れない。だが、寺沢に、そこへ行かせるのが、目的ではなくて、足摺岬というメモを残すことが、目的だったのかも知れない。もし、そうなら、寺沢が、四国へ行く途中でなら、何処《どこ》で死んでも、構わなかったわけだよ。例えば、岡山行の新幹線の中で死んでしまっても、切符や、道後温泉の予約、それに、足摺岬のメモが見つかれば、誰もが、寺沢は、松山から足摺岬へ廻るつもりだったと、考えるからね」

と、十津川は、いった。

「そうだとすると、犯人は、足摺岬のメモを、誰に見せる気だったんでしょうか？」

いるんだよ」

「われわれ警察にか、マスコミにかもわからない。ただ、私は、そうじゃないと、思って

「他に、誰がいますかね？」

「次の犠牲者」

と、十津川は、ずばりと、いった。

「次の犠牲者――ですか？」

「そうだよ。犯人は、寺沢以外にも、殺したい人間がいて、まず、その人間に、恐怖を与えてやろうと考えたんじゃないかね。寺沢が死んで、足摺岬のメモが出れば、もう一人は、必ず、怯《おび》えるだろうと読んでいるんじゃないかね。だから、寺沢が、何処で死のうと、構わないいんじゃないかな」

と、十津川は、いった。

「一千万円のことは、どう思われますか？　北条刑事は、一千万円を、犯人は、なぜ、奪わなかったのか、それが、疑問だといっていました。私も、犯人が、寺沢をゆすっていて、一千万円を、持って来いと命じていたとすれば、なぜ、それを受け取ってから殺さなかったのかという疑問が、起きて来ます。死んだあと、奪おうとしたら、邪魔が入ったので、特急から、逃げてしまったということで、一応、説明はつくんですが」

と、亀井は、いった。

「一応はね」

「警部は、違うと、思って、おられるんですか？」

「というより、違う説明が可能なんじゃないかと、思い始めているんだよ」

と、十津川は、いった。

「どんな説明ですか？」

と、亀井が、きいた。

「つまり、こういう説明さ。犯人は、一千万円は、要求していなかった」

「しかし、寺沢は、一千万を持って、四国へ行っています」

「それは、犯人が要求しないのに、寺沢が、勝手に、持って行ったのかも知れないよ」

と、十津川は、いった。

「なぜです？」

「つまり、寺沢は、一千万を犯人に渡して、許して貰《もら》おうと、思っていたんじゃないかね。ところが、犯人の怒りは、そんなものじゃなかった。だから、容赦なく、毒殺してしまった。きっと、犯人は、寺沢が、一千万を持って来ていたことは、知らなかったんじゃないか。そう考えれば、説明はつくんだ」

と、十津川は、いった。

「松山から、足摺岬というと、どうしても、小田冴子のことが、思い出されますが」

と、亀井は、いった。

「もちろん、そうさ」

と、十津川は、肯《うなず》いた。

3

「警部は、今、足摺岬のメモは、次の犠牲者に、示すためじゃないかと、いわれましたね？」

と、改めて、亀井が、きいた。

「ああ。そうだ」

「当然、その人間は、足摺岬という言葉から、小田冴子の溺死体《できしたい》のことを、想像しますね？」

「いや、それは、どうかな」

と、十津川は、いった。

「しかし、足摺岬で、彼女の溺死体が、発見されていますよ」

「ああ。しかし、寺沢が死んだときは、まだ、彼女の溺死体は、見つかっていなかったんだよ」

「確かに、時間のずれはあります。それを、どう解釈したら、いいんですかね？」

と、亀井が、きく。

「これは、私の勝手な推理なんだがね」

と、十津川は、断ってから、

「今回の事件は、小田冴子の失踪《しっそう》で始まっているんじゃないか。一ケ月前、彼女は、突然、白いお遍路姿で、家を出ると、四国へ行き、松山から、海岸沿いに、足摺岬まで行き、そこで、消えてしまった。これも、考えてみれば、不思議な話だよ。もちろん、亡くなった夫のことを偲《しの》んで、お遍路姿で、四国の寺をめぐるというのは、別におかしくはないが、東京の自宅から、お遍路姿というのは、不思議でね。なぜ、そこまでしたのかがわからないんだ。どうも、おかしい」

「しかし、警部。おかしくても、間違いなく、小田冴子は、お遍路姿で、自宅を出て、四国に行っているんです。そして、足摺岬で消えたのは、彼女が、海に沈んでいたからなんです」

と、亀井は、いった。

「その通りだと思うが、これは、自殺じゃないんじゃないかね」

と、十津川は、いった。

「他殺ですか？」

「そうだ」

「かも知れませんが、証拠は、ありません」

「わかってるよ。だが、他殺だからこそ、この事件が、尾を引いて、一ケ月後に、寺沢が、殺されたのではないかと、私は、思うんだ。小田冴子は、何者かに殺された。それも、自殺に見せかけて、足摺岬でだよ。この殺人に、寺沢は、関係していた。だから、怯え、脅迫者に、一千万円を渡して、許して貰おうとしたが、毒殺されてしまった。これが、今回の事件の真相じゃないかと、思っているんだがね」

と、十津川は、いった。

「寺沢は、小田冴子が、一ケ月前、足摺岬で、殺されたことを、知っていたんでしょうか?」

「これも、私の想像でしかないんだが、寺沢は、自分で、手を下したとは考えられない。社長の小田冴子が死んで、まず疑われるのは、副社長の寺沢だからだ。だから、共犯者がいて、そいつが、お遍路で、四国巡礼に出た小田冴子を、足摺岬で、投身に見せかけて、殺すことになっていたんだろうね。寺沢自身は、東京にいて、アリバイを作っておく」

「そのアリバイ作りに、橋本君を、利用したわけですね」

「そうだよ。彼に、小田冴子を、探させたんだ。橋本君は、毎日、東京の寺沢に電話して、報告する。それが、寺沢のアリバイになったわけだ。その上、小田冴子の死が、自殺となれば、寺沢は、完全な安全圏に入ってしまうわけだよ」

と、十津川は、いった。

「しかし、誰かが、小田冴子は、殺されたと知り、寺沢を脅し、殺したということに、なりますか？」

「そうだね、私は、今度の殺しを、そう思っているんだよ」

と、十津川は、いった。

「もし、警部のいわれる通りだとすると、寺沢の共犯者で、足摺岬で、小田冴子を、殺した人間が、いるわけですね」

「もし、次に、狙《ねら》われるとしたら、その人間かも知れないな」

と、十津川は、いった。

だが、それが、何処《どこ》の誰なのか、全く、見当がつかないのである。

「寺沢の周辺にいる人間であることだけは、確かだと、思いますが」

と、亀井は、いった。

西本たちが、聞き込みから、帰って来た。どの顔も、冴《さ》えない色をしていた。

「寺沢の内縁の妻の川村みゆきが、何か、殺しに関係しているのではないかと思って、もう一度、調べてみたんですが、やはり、何も出て来ませんでした。寺沢が死んでも、彼女には、一円も入りませんし、動機が、全く見つかりません」

と、西本が、報告した。

「彼女の男も、同様です。へらへらした男で、寺沢を殺す動機がありません」

と、日下が、いった。

「同業者にも、当ってみましたが、殺したいほど、寺沢を憎んでいた人間は、見つかりませんでした。と、いうのも、寺沢が、社長になってから、一ケ月もたっていませんでしたから」

と、西本が、いった。

「寺沢の持っていた魔法びんの紅茶の中に、青酸を入れられるのは、誰なんだ？　それも、わからずかね？」

と、亀井が、いらだちを見せて、西本たちを見た。

西本が、それに答えて、

「寺沢が、旅行に行く時は、必ず、魔法びんに、紅茶を入れて持っていくのは、彼の周囲の人間は、みんな知っていました。新しい従業員も、川村みゆきもです」

「つまり、川村みゆきには、青酸を入れるチャンスは、あったわけだな？」

「ありました。もちろん、彼女は、そんなことはしていないと、いっていますが」

「指紋はとってきたか？」

「はい。川村みゆきの指紋は、とってきました」

と、日下が、いい、ハンカチに包んだボールペンを、亀井に、渡した。

「私のボールペンですが、彼女に渡して、自分の名前を書かせましたから、彼女の右の親指と、人差指の指紋は、はっきり、ついている筈《はず》です」

と、日下は、いった。

「その指紋を、愛媛県警に送って、魔法びんの指紋と、照合して貰おう」

と、亀井は、いった。

鑑識に頼んで、ボールペンから指紋を採り、それを、すぐ、松山署に、送った。

もし、川村みゆきの指紋が、魔法びんの指紋と一致すれば、動機は、不明だが、逮捕して、訊問《じんもん》することになるだろう。

しかし、愛媛県警からの返事は、次のようなものだった。

〈問題の魔法びんから、二種類の指紋が、検出され、一つは、被害者寺沢のものです。もう一つについては、そちらから送られた川村みゆきの指紋と照合したが、一致しなかったことを、報告致します〉

しかし、十津川は、この報告に、それほど、失望はしなかった。もともと、川村みゆきには、動機が、見つかっていなかったからである。

寺沢が、岡山までの車中で、一千万円の入ったバッグを抱えて、トイレに行き、座席に残された魔法びんに、何者かが、毒を入れる、ということも可能なのだ。

「私の考えでは、小田冴子は、自殺に見せかけて、殺されたのであり、寺沢は、その殺人に、関係したのではないかと、思っている。つまり、何者かが、小田冴子の仇討《あだう》ちをしたのではないか。もし、この推理が当っていれば、死んだ小田冴子の関係者が、寺沢を殺した犯人ということになる。だから、もう一度、小田冴子の家族や、友人、知人に、当ってみて欲しい」

と、十津川は、西本たちに、いった。

西本たちが、また、聞き込みに、走り廻《まわ》った。

そんな時、橋本豊から、十津川に、電話が入った。

「あれから、どうしても、小田冴子のことが気になりましてね。金にならないんですが、彼女について、調べていたんです。一つだけ、わかったことがあります。どうやら、彼女には、恋人がいたらしいんです」

と、橋本は、いう。

「夫が亡くなってからは、ひとりだったんだから、好きな男がいても、不思議はないがね」

と、十津川が、いうと、橋本は、

「それが、どうも、ご主人が、生きている時からのつき合いのようなのです」

「本当か？」

「ええ」

「どんな男なんだ？　名前は、わかってるのかね？」

と、十津川ほ、勢い込んで、きいた。

「それが、残念ながら、わかりません。どうやら、ミュージシャンらしいんですが、それも、はっきりしません。引き続き、調べるつもりですが」

と、橋本は、いった。

「頼むよ」

と、十津川は、いった。

死んだ小田冴子に、恋人がいたとすれば、事件の見方も、変ってくる。

4

同じ日の午後、四国の金刀比羅宮《ことひらぐう》（金毘羅《こんぴら》さん）は、いつものように、観光客で、賑《にぎわ》っていた。

観光バスや、タクシーが着くあたりから、長い、急な石段が、山頂に向って、続いている。

石段の両側は、ずらりと、土産物店《みやげものてん》が、並んでいて、呼び込みの声が、やかましい。

そんな土産物店の間に、「石段駕籠《かご》事務所」と書いた木札の下っている、しもた屋風の店がある。

急な石段を、登るのが骨の人のために、途中まで、駕籠で運んでくれる事務所である。

ここで、頼めば、途中の大門まで、きれいな駕籠で、運んでくれる。

足に自信のある人たちは、老人でも、杖《つえ》を借りて、登って行く。

午後三時頃、タクシーで着いた四十五、六の背広姿の男は、頂上の奥社まで、千三百六十八段も、石段があると聞いて、「石段駕籠事務所」に行き、駕籠を頼んだ。

事務をやっていた女が、往復六千円の料金を貰《もら》ってから、

「そのお荷物、ここで、お預りしておきますよ」

と、男に、いった。

男が、ボストンバッグを、重そうに、抱いていたからである。だが、男は、強い眼で、睨《にら》むようにして、

「いいんだ。これは、上まで、持って行く」

「でも、大門を過ぎると、預ける店もありませんよ」

「いいといったら、いいんだ」

と、男は、不機嫌に、いった。

「そうですか。それなら——」

事務所の女も、そっけない、いい方になった。
五、六分して、上から戻って来た駕籠に、男は乗った。
駕籠は、頑丈だが、簡単な造りで、タレのようなものはない。座布団が、敷かれ、背もたれがついているだけである。

寺を行く駕籠らしく、四本の柱と、ロープは、紅白に塗られている。

男が乗り込むと、Tシャツに、ジーンズという恰好《かっこう》の、陽焼けした三十代の男二人が、担いで、横向きに、石段を、登り始めた。

二人の男は、杖をつきながら、かけ声をかけながら、かなりの速さで、急な石段を、登っていく。

あまり、利用者がいないのか、杖だけを頼りに、石段を登っていく観光客が、珍しげに、立ち止って、見ていたり、写真を、撮ったりした。

男は、不快げに、見返していたが、その中《うち》に、サングラスを取り出して、かけた。

風は、あまりない。馴《な》れている男二人も、汗びっしょりになって担いでいる。

石段のところどころに、踊り場のように、平らになっているところがある。

百段くらい登ったところで、

「お客さん。ここで、五、六分、休みますよ」

と、いって、駕籠を、下ろすと、二人は、近くの土産物店に入って行き、冷たい麦茶を貰って、うまそうに、飲んだ。

「今日の客は、重いねえ」

「七十五、六キロは、あるんじゃないか」

そんな話をしながら、数分間休み、

「そろそろ、行くか」

と、声をかけ合い、腰をあげて、駕籠のところに、戻った。

「あとは、大門の前まで、いっきに行きますからね」

と、一人が、客に声をかけた。

客は、黙っている。

(愛想のない客だな)

と、思いながら、二人は、棒に肩を入れて、担ぎ上げた。

駕籠が、小さくゆれた。とたんに、乗っていた客が、駕籠の外に、転がり落ちた。

担いでいた男二人は、驚いて、客を見た。

客の中年男は、石畳みの上に落ちたまま、動こうとしない。身体は、駕籠に乗っていた時と同じように、丸まったままである。

抱えていたボストンバッグも、身体の傍《そば》に、落ちている。

「どうしたんです？　お客さん」

と、一人が、屈《かが》んで、客の顔をのぞき込んだ。

男は、そのまま、言葉を失ってしまった。

相棒が、変な顔をして、

「おい、どうしたんだ？」

と、きいても、返事をしなかった。

客の顔が、ものすごい形相のまま、凍りつき、喰《く》いしばった口から、血が、流れていたからである。

「い、いしゃを呼んでくれ！」

と、突然、叫んだ。

5

救急車が、来て、客は、担架にのせられ、そのまま、近くの病院に、運ばれて行った。

だが、病院に着く前に、死亡していた。

死因に、不審な点があるというので、香川県警から、刑事たちが、病院に、駆けつけた。

刑事たちの中の小林という警部が、診断した医者に、

「死因は、何だと思いますか？」

と、きいた。

「毒死です。多分、青酸中毒でしょうね」
と、医者は、いった。
(青酸死か)
と、小林は、呟《つぶや》きながら、眉《まゆ》をひそめた。
男は、金刀比羅宮の石段を、駕籠に乗っていて、突然、死んだという。
(駕籠に乗っていて、自殺するとは思えないな)
と、小林は、思った。
と、すれば、他殺なのだ。
小林は、死んだ男の所持品を、調べることにした。
黒い皮のボストンバッグが一つ。
あとは、背広のポケットに入っていた財布や、運転免許証だった。
まず、運転免許証である。

〈東京都調布市深大寺《じんだいじ》×町
　　　　　　　　高田　佳夫《よしお》〉

それが、死んだ男の住所と、名前だった。

財布には、十九万四千円が、入っていた。

次に、小林は、ボストンバッグを、開けてみた。

「ほう！」

と、小林が、声をあげたのは、中に、大きな札束が、入っていたからだった。

一千万円の大きな束が、二つ。合計、二千万円だった。

小林は、その金額に、眼をむいた。が、同時に、彼は、その金額から、最近、愛媛でおきた事件のことを、思い浮べた。

特急「しおかぜ9号」の車内で、乗客が殺された事件である。

車内で殺された男も、ボストンバッグに、一千万円の札束を持っていた。

共通点は、他にもある。

毒殺であることも、共通している。

二人とも、東京の人間で、四国へ来て、殺されている。

他にも、共通点があるのかも知れないが、今、小林に、思い当るのは、これだけだった。

彼は、刑事二人に、金刀比羅宮へ行って、聞き込みをしてくるように命じた。

「一番知りたいのは、犯人が、どうやって、被害者に、毒を飲ませたかということだ。その点をよく、調べて来てくれ」

と、小林は、いった。

一時間ほどして、刑事たちが、戻って来た。その中の峰刑事が、

「被害者を乗せた駕籠ですが、担いでいた男二人に会って、話を聞いてきました。百段ほど、登ったところで、いつものように、休息を取り、二人は、近くの土産物店に入り、冷たい麦茶を飲んで、駕籠に戻って、担ぎあげたところ、客が、転がり落ちたということです。あわてて、救急車を呼んだが、その時は、客は、もう動かず、血を吐いていたそうです」

と、報告した。

「駕籠に乗っている間、被害者は、何か、飲んだのかね？」

「いえ。何も飲んでいないと、いっていました。ただ、反対側の土産物店の店員が、客が、三十歳くらいの女に、麦茶を貰っているのを見たと、証言しています。休息の時にです。その店員は、どこかの店の人間が、サービスで、客に、麦茶を渡したんだろうと、思っていたそうです。容器は、紙コップに見えたと、いっています」

「その女の顔は？」

「それが、見た女店員が、今もいったように、てっきり、サービスで、飲ましていると思って、注意を払わなかったので、よく、覚えていないのです。わかったのは、小柄な、三十歳前後の女だったということだけです」

と、峰は、いった。

「それで、その紙コップは、見つかったのかね？」

と、小林は、きいた。

「全員で、探しましたが、見つかりません。女が、持ち去ったのか、参拝者が、ふみ潰《つぶ》して蹴飛《けと》ばして、どこかへ、飛んで行ってしまったのかわかりませんが」

「明日、もう一度、探せ」

と、小林は、いった。

死体は、大学病院で、司法解剖されることになった。

県警は、殺人事件と断定し、琴平《ことひら》警察署に、捜査本部が、設けられた。

6

翌日の昼前に、解剖結果が出た。

死因は、やはり、青酸中毒による窒息死だった。小林が、興味を持ったのは、死体の胃の中から、少量だが、麦茶の成分が、検出されたということである。

やはり、麦茶と一緒に、青酸を飲まされたのだと、小林は、思った。

このところ、暑い日が、続いている。特に、昨日は、風が無く、暑かった。

被害者は、窮屈な駕籠に乗っていた。多分、のども渇いていたろう。そんな時、サービスですといって、冷たい麦茶が、差し出されたら、何の疑いも持たず、喜んで、飲んだことだろう。

小林は、捜査本部長から、警視庁に連絡して、被害者、高田佳夫について、調べて貰うように、頼んだ。

また、小林は、被害者の家族に、連絡をとろうと、何度か、電話をかけてみたが、誰も、出なかった。

(四十五歳だが、家族は、いないのだろうか?)

と、小林は、思った。

また、朝から、刑事たちを動員して、問題の紙コップを探させた。

金刀比羅宮の周辺で見つかった紙コップは、全て、拾い集め、それを、片っ端から、調べていった。

その結果、十六箇目の紙コップから、期待していたものが、検出された。

底に、わずかに残っていた麦茶と、青酸反応である。

この紙コップは、金刀比羅宮の石段の横に置かれた屑入《くずい》れの中に、つぶれて、投げ込まれてあったものだった。

被害者高田佳夫を毒殺した犯人が、拾って、屑入れに、投げ込んだとは、考えられない。犯人なら、拾って、持ち去ったに違いないからである。

恐らく、あの辺りの土産物店の店員が、落ちている紙コップを見つけ、屑入れに、捨てたのだろう。

この紙コップからは、三種類の指紋が、検出された。

一つは、被害者の指紋だった。これで、紙コップから、青酸を飲んだことは、実証された。

二つ目の指紋は、多分、紙コップを拾って、屑入れに捨てた人間のものだろう。

そして、三つ目は、犯人の指紋に違いない。

小林は、被害者以外の二つの指紋を、警察庁に送ることにした。もし、犯人に前科があれば、すぐ、身元が割れると、考えたからだった。

しかし、二つとも、前科者カードになかったという報告が、返ってきた。

あとは、警視庁による被害者の捜査に待つことになった。

7

東京の警視庁では、十津川が、捜査協力の要請を受けて、香川県警の小林警部と同じことを、考えていた。

特急しおかぜ9号の車内で毒殺された寺沢との類似である。

「間違いなく、これは、一連の事件の続きだよ」

と、十津川は、亀井に、いった。

「私も、そう思います。寺沢に続く、二人目の犠牲者ですね」

「いや、カメさん。小田冴子も、殺されたとすれば、三人目の犠牲者だよ」

と、十津川は、いった。

二人は、今回の被害者、高田佳夫の自宅へ、行ってみることにした。

パトカーを飛ばして、調布市深大寺に向う。

この辺りは、昔は、武蔵野《むさしの》の面影が残っていたのだが、今は、住宅が、立ち並ぶ。

高田の家は、そんな新しい住宅地にあった。

二階建で、かなりの豪邸である。地下に作られた車庫も広く、車は二台は、入るだろう。

亀井が、インターホンを鳴らして、二、三分してから、

「どなたですか？」

と、女の声が、きいた。

「警察です。開けてくれませんか」

「先生は、今、旅行中です。おりません」

「知らないんですか？　高田さんは、四国で、亡くなりましたよ」

と、十津川が、インターホンに向って、いった。

「本当なんですか？」

「新聞に出ていますよ。読まなかったんですか？」

と、きくと、返事はなく、その代りのように、玄関のドアが、開いて、二十七、八歳の背の高い女が、顔を出した。

十津川は、彼女に、警察手帳を見せて、

「入っても、構いませんか？」

「どうぞ」

と、女は、いった。

十津川と、亀井は、一階の居間に、通された。女は、コーヒーを出してから、

「私は、留守番を頼まれているだけなので、何も知りませんけど」

と、いった。

「昨日、香川県警が、電話をかけてきた筈《はず》なんですが、なぜ、出なかったんですか？」

と、十津川は、きいた。

「高田先生が、留守の間に、電話に出るなといわれているんです」

と、女は、いった。

「高田先生と、いっているが、何をしている人かね？」

と、亀井が、きいた。

「会社の相談役をなさって、いらっしゃいますわ」

と、女は、いった。

「何という会社かね？」

「D金融のですわ」

と、彼女は、いった。

「D金融——？」

十津川は、呟《つぶや》いてから、亀井と、顔を見合せた。

寺沢のことを調べた時、D金融の名前が、出たからである。寺沢が社長をしていた宝石店の金繰りを調べたとき、D金融の名前が、出てきたのだ。

「相談役というのは、何をやるんですか？」

と、十津川は、女に、きいた。

女は、小さく、首を横に振って、

「私は、高田先生の仕事については、わかりませんわ。私の仕事は、先生の私的なことを、お手伝いしてきただけですから」

「四国へ行っていたのは、知っていたね？」

と、亀井が、きいた。

「はい。私が、航空券の手配をしましたから」

「四国に、何をしに行くと、高田さんは、いっていましたか？」

と、十津川は、きいた。

「それは、おっしゃっていませんでしたわ」

「高田さんは、二千万という大金を、持って、四国に行ったんですが、知っていましたか？」

と、十津川は、きいた。

「いいえ。知りませんでした」

と、女は、いった。

「この家は、最近、買ったみたいですね？」

「そうみたいですわ。でも、私は、詳しいことは知りません」

と、彼女は、いった。本当に、何も知らないのか、こちらを警戒しているのか、十津川には、判断がつかなかった。

「あなたの名前を、教えて下さい」

と、十津川は、いった。

「宝田みどりですけど――」

「では、みどりさん。家の中を、見せて貰《もら》いますよ」

と、十津川は、いった。

一階は、広い居間や、同じく広いバスルーム、キッチン、来客用の寝室などで、二階は主として、高田のプライベイトな空間になっていた。

二人は、二階にあがり、寝室や、書斎などを、一つずつ、調べていった。

まず、書斎に入り、机の引出しを、調べる。

〈D金融KK　相談役　高田佳夫〉

と、いう名刺が、二百枚ほど、箱に入って、一番上の引出しから、出て来た。

これが、この男の仕事ということなのだろう。

十津川と、亀井は、その足で、新宿にあるD金融に、廻《まわ》ってみることにした。

新宿西口の高層ビルの中に、D金融はあった。

ビルの十二階のワンフロアを使っている。事務所の中は、広々として明るく、清潔で、働いている人たちも、洒落《しゃれ》たデザインのユニフォーム姿である。

ここは、新宿本店で、関東地区に、いくつかの支店があるらしい。

十津川と亀井は、奥の社長室に、通された。

社長は、丸山保という、まだ、四十代に見える男だった。痩身《そうしん》で、知的に見える。机の上には、英字新聞が、置かれていた。

十津川は、そんなものを、眼の中で、確認しながら、

「高田さんが、四国で亡くなられたことは、ご存知ですね？」

と、きいた。

丸山は、肯《うなず》いて、

「今朝、新聞で見て、びっくりしているところです。さっき、副社長を現場に、向わせました」

「このD金融の相談役を、されていたそうですね？」

「そうです。この三年ほど、相談役を、やって貰っていました」

「相談役というのは、具体的に、どんなことをするんですか？」

と、亀井が、きいた。

「昔は、うちのような会社は、イメージが、悪かったですからね。高利貸しというイメージから、なかなか、抜けられず、苦労しました。これではいけないと、思いましてね。きちんと、法律を守って、仕事をしているのに、そう思われない。これは、イメージが、暗いからじゃないか。そう考えて、改善を重ねてきました。ご覧になったように、店内は、明るいでしょう。それも、自己満足ではいけない。各界の有力者から、お知恵を拝借したいと思って、相談役制度を作りました。高田先生も、そのお一人です。ずいぶん、貴重な、サジェスチョンを、今まで、頂いて来ました」

と、丸山は、いった。

彼は、相談役として、何人かの名前をあげてくれた。その中には、十津川が、名前を聞いたことのある、大学の経済学の助教授もいた。

「高田さんの経歴は、わかりますか？」

と、十津川は、きいた。

「もちろん、わかりますよ。N大を卒業したあと、大手のM銀行に入社し、新宿支店長までなったあと、退社して、アメリカに留学し、世界の金融について、勉強された、立派な方です。私としては、そんな方を、遊ばせておくのは、大きな損失だと思いましてね。お願いして、うちの相談役になって、貰ったんです」

と、丸山は、いった。

「なぜ、高田さんが、四国の金刀比羅宮に行き、そこで、殺されたか、わかりますか？」

十津川が、きくと、丸山は、困惑した表情になって、

「全く、わかりません。高田先生とは、親しくして頂いて来ましたが、私生活については、お互いにノータッチを、モットーにして来ましたから」

「高田さんは、いつも、ここに来て、仕事をしていたわけじゃないんですか？」

「いや、顧問料といったものを、毎月、お支払いしていまして、時々、お知恵をお借りしていました」

と、丸山は、いった。

「小田冴子さんを、ご存知ですか？」

十津川は、話題を変えて、きいた。

「オダ？」

「ええ。宝石店の社長さんです」

「ああ」

と、丸山は、肯いて、

「確か、足摺岬で、自殺なさった女社長さんでしたね」

「そうです。そのあと、寺沢という人が、社長になっています。この方も、亡くなりました」

「ええ。知っています」

「D金融では、この宝石店に、融資をしていましたね？」

「その通りです。この女社長さんを信用して、融資したんですが、突然、自殺なさってしまいましてね。困ったなと、思いましたが、寺沢さんが、返済してくれまして、ほっとしたのを、覚えています」

と、丸山は、いった。

「小田冴子さんとは、親しくされていたんですか？」

と、亀井が、きいた。

「何回か、お会いしたことはありますが、あくまでも、それは、仕事上のことで、親しかったというのは、当っていないと、思いますよ」

丸山は、慎重に、いった。

「寺沢さんとは、どうですか？」

「あの方とも、同じです。私生活は、全く、存じません」

と、丸山は、いった。

別れしなに、丸山は、秘書に、D金融のパンフレットを持って来させ、それを、十津川と、亀井に、渡した。

美しいグラビア印刷の部厚いパンフレットだった。


〈明るい、新しい時代の金融を目指すD金融〉


という、大きな活字が、躍っていた。

十津川と、亀井は、それを持って、パトカーに戻った。

「カメさんの感想を、聞かせてくれないか」

と、十津川が、きいた。

「あの会社のですか？　それとも、丸山という社長のですか？」

「両方のさ」

「会社については、何ともいえません。外見は、明るく、清潔な感じですが、内実は、わかりませんからね。丸山という男は、スマートですが、どうも信用が、おけない感じがします。話のうまい人間は、信用するなといいますから」

と、亀井は、いった。

「カメさんらしいね」

と、十津川は、微笑した。

「巧言令色鮮《すくな》きかな仁といいますから」

と、亀井は、いった。

「あの社長と、相談役だった高田について、いろいろと知りたいね」

と、十津川は、いった。

第四章　二人の男の履歴

1

○丸山保についての報告　（西本、日下刑事）

一九四九年、東京世田谷区に、丸山信一郎、保子《やすこ》の一人息子として生れる。丸山信一郎はN電機の子会社の社長で、小、中学校時代は、甘やかされて育っている。当時の丸山を知る友人たちは、彼のことを、頭は良かったが、気が弱く、いわゆる金持ちのお坊ちゃんだったと、証言している。

高校、大学は、私立の有名校だったが、ここでも、友人の評価は、さして、変っていない。頭はいいが、気の弱い、お坊ちゃんである。ただ、両親から、スポーツカーを買い与えられ、小遣いも多額に貰《もら》っていたので、女性には、よくもてている。

友人にも、気前よく、奢《おご》っていた。

大学卒業後、父親のコネで、N電機に就職する。

ここでの同僚、上役の評価も、同じである。頭はいいのだが、大人しすぎる。せいぜい、課長止まりだろう。父親のように、大胆で、人を押しのけていくようなところがあれば、重役にでもなれるだろうが、あの気弱さでは、無理だと、いわれた。

二十八歳で、見合結婚。

翌年、二十九歳の時、突然、父親の信一郎が、心臓発作で、急死した。死んで明らかになったのは、彼が、莫大《ばくだい》な借金をしていたことだった。

大胆さが、裏目に出たのだ。会社は倒産し、世田谷の二百五十坪の豪邸も、差し押さえを受ける。それでも、まだ、五十億近い借金が残った。

母の保子は、それを苦にして、自殺した。丸山の妻も、彼のもとから去った。その直後、丸山はN電機を無断退職し、友人、知人の前から、姿を消してしまった。

その後の六年間、丸山が、何処《どこ》で、何をしていたのか、知る人は、いない。ただ、さまざまな噂《うわさ》が、友人、知人の間に生れた。

その中で、一番、とっぴではあるが、真実ではないかといわれているのが、外人部隊説である。借金地獄で、母が自殺し、妻が去ったあと、丸山は、日本を脱出し、アフリカに渡って、外人部隊に入ったのではないかというのだ。

それほど、六年ぶりに戻って来た丸山は、友人、知人に、変貌《へんぼう》して見えたということである。外観は、それほど変らないが、中は、全くの別人というのが、昔の友人たちが、異口同音に口にする言葉である。

優しさの代りに、強さが、甘さの代りに冷酷さが、弱さの代りに激しさがあると、誰もがいう。全て、外人部隊で、鍛えられたに違いないという人がいる。

外国語の新聞を読むのも、外人部隊の時の習慣なのだという人もいる。

丸山は、戻ってきて、すぐ、池袋の近くにマンションを借り、金融業を始めた。昔のヤワな丸山だったら、考えられない職業である。

その資金を、どうして作ったかについても、本人が、語らないので、不明である。外人部隊では、退職するとき、退職金代りに金塊をくれるので、それを基金にしたという噂があったが、もちろん、これは、嘘《うそ》である。

丸山の事業は、順調に成長していった。池袋という土地柄、暴力団経営の金融会社ともめたことがあったが、この時も、丸山は、ひとりで、相手の本部に乗り込んで行き、話をつけたといわれている。

現在、丸山の会社は、D金融と呼ばれ、新宿に本店を持ち、関東地区に、七つの支店を、持っている。

現在、丸山は、正式には結婚していないが、何人かの女と、つき合っているという。

D金融の経営状況を調べていくと、特徴的なのは、ある時期、突然、資産が、増大することである。この原因については、今のところ不明であり、D金融側は、不正なことは、一切していないと、強調している。

○高田佳夫についての報告

（三田村、北条早苗刑事）

奇《く》しくも、社長の丸山保と同年齢の四十五歳である。

高田佳夫は、岡山県の農家の次男として生れている。小、中学時代から、秀才といわれ、特に、理数系の才能があった。家業の農業は、長男が、つぐことになり、高田は地元の高校を卒業すると上京し、国立大学に入学。彼が選んだのは経済、特に、金融である。

大学を卒業すると、大手のM銀行に入り、三十二歳で新宿支店長になっている。

大学時代からだが、高田は、二面性のある人間といわれてきた。頭脳明晰《めいせき》、冷静沈着という面と、激情型の相反する面を、持ち合せているのである。

高田と親しくしていた人たちでも、時々、戸惑うことがあったと証言している。

高田は、M銀行の中で、エリートコースを歩いていたのだが、この二面性から、退職せざるを得なくなった。新宿支店長の時、資産二百億といわれ、M銀行としては、大切な客を、高田は、かっとして殴りつけ、全治一ケ月の重傷を負わせてしまったのである。

その客は、高田を告訴した。信用第一の銀行としては、大スキャンダルになった。こうなると、銀行の態度は、冷たく、高田は、馘首《かくしゅ》された。

その後、高田は、もう一度、勉強をし直すといって、アメリカに渡り、向うの大学で、現代金融論などを勉強して、帰国した。

その後、高田は、経営コンサルタントを始め、何冊かの本も出した。本は、評価する人もいたが、仕事の方は、ぱっとしなかった。

この頃、知り合った人たちは、一様に「金もない癖に、尊大に構えていて、嫌味だった」と、評している。

六年ほど前、高田と丸山が知り合い、高田は、D金融の相談役に迎え入れられた。

二人が、どういう形で、知り合い、意気投合したのかは、はっきりしない。二人が、そのことについては、話したがらないからである。

D金融は、この頃から、急激に、伸びて行き、「金もない癖に」といわれた高田の生活が、急に豊かになり、豪邸を構え、高級車を乗り廻《まわ》すようになった。

高田も、丸山と同じく、独身を楽しんでいたと思われる。

なお、お手伝いの宝田みどり（二十八歳）は、最近、高田に傭《やと》われたのだが、彼との間に、肉体関係があったという噂もある。これは、高田が、お手伝いとしては、破格の五十万という給料を払っていたからで、彼女は、明大前近くの、部屋代十五万円の高級マンションに住んでいたが、この部屋代も、高田が、払っていたといわれている。

高田が、亡くなったあと、宝田みどりは、高田邸から去り、明大前のマンションも引き払って、現在、行方不明である。

2

「この、時々、急に、業績が伸びていたというのが、興味があるね」

と、十津川は、いった。

亀井も、肯《うなず》いて、

「何しろ、今は、金融業界も不況ですからね。有名銀行だって、不良債権を抱えて、青息吐息です。その中で、D金融が、時々とはいえ、急に、業績を伸ばすというのは、不思議ですよ」

と、いう。

「不正の匂《にお》いがするか？」

「しますね。高田が、殺されたのは、そのためだという気がして仕方がありません」

と、亀井は、いった。

十津川は、高田のことを調べた三田村と、北条早苗に向って、

「高田の経歴は、立派なものみたいだね」

「その通りです、彼が、アメリカから帰国後書いた金融関係の著書は、今でも、評価を受けています」

と、三田村はいった。

「その名声を、利用したかな」

と、十津川は、いった。

ただ強引なだけの方法では、相手が、信用しない。

そこで、学究肌の高田の名前が、利用される。高田自身も、そのやり方に、乗っていったのではないか。客には、それで、D金融を信用させていく。

そして、社長の丸山が、冷酷に、客の足元を、すくっていく。

そんなやり方で、D金融は、業績を伸ばしていったのではないだろうか？

そして、今度、被害者が、高田に復讐《ふくしゅう》したのではないのか？

「高田が、四国へ持って行った二千万は、どう思われますか？」

と、三田村が、十津川に、きいた。

「まず、考えられるのは、丸山―高田のやり方が、あまりにも、えげつないので、被害者が、告訴するとでも、いったのではないんだろうか。少しばかりやりすぎて、傷をつくってしまった。告訴されると、D金融の信用が、なくなってしまう。そこで、二千万で、話をつけようと、高田は、金を持って四国へ行ったんじゃないだろうか」

「しかし、その前に、殺されてしまいましたわ」

と、北条早苗が、いう。

「相手は、最初から、殺すつもりで、高田を四国に、誘い出したんだろうね。犯人は、そのくらい、高田を憎んでいたんだと思う。ところが、高田の方は、それがわからず、金で話がつくと、甘く見ていたんじゃないかな。或《あ》るいは、金の力を過信していたのかも知れない。二千万も出せば、相手を、黙らせることが出来ると踏んでいたんだろう」

と、十津川は、いった。

「わざわざ、四国へ呼びつけて殺したのは、なぜですかね？」

と、三田村が、きいた。

「小田冴子は、四国の足摺岬《あしずりみさき》の海で殺されている。そして、寺沢も、四国へ行く列車の中で、殺された。そのことと、関係がある筈《はず》だよ」

「つまり、小田冴子の仇《あだ》討ちというわけですか？　だから、寺沢は、松山行の特急しおかぜの車中で殺され、高田は、金刀比羅宮《ことひらぐう》の石段の傍《そば》で殺された」

「今のところ、考えられるのは、その線だよ」

と、十津川は、いった。

亀井は、それに、付け加えるように、

「小田冴子は、夫を失い、事業の借金が増えたのを苦にして自殺したということになった。だが、それが、他殺であることを、知っている人間がいたんですよ。犯人と、今、その復讐をしている人間です」

「橋本君に、今、小田冴子の恋人を、調べて貰っている。なんでも、ミュージシャンらしいが、はっきりしないんだ」

と、十津川は、いった。

「しかし、警部。男だけでは、高田殺しのケースで、辻褄《つじつま》が合いませんよ。駕籠《かご》に乗っている高田に、商店の娘のふりをして、毒入りの麦茶をすすめた若い女がいます。彼女も、犯人の一人だと、私は、思いますが」

と、いったのは、西本だった。

「その点は、向うの県警が調べたところ、金刀比羅宮の参道の店の中で、高田に、麦茶をすすめた人は、いなかったそうだ。だから、西本刑事のいう通り、この女が、犯人と考えるより仕方がない」

と、十津川は、いった。

年齢三十歳くらいとしか、今のところは、わかっていない女である。

当日は、暑かったから、参道の両側の店では、無料の麦茶サービスをしていた。犯人の女は、それを、利用したといっていいだろう。だから、高田は、何の疑いも持たずに、差し出された、紙コップ入りの麦茶を受け取り、口に入れたに違いない。

「一つ疑問が、ありますわ」

と、北条早苗が、手をあげて、

「高田の場合は、その女が犯人だといって間違いないと思います。その前に殺された寺沢も、毒殺ですわ」

「それの、どこが、疑問なのかね？」

と、亀井が、きいた。

「毒殺というのは、だいたい、女のやり方ですわ」

「最近は、男も毒を使うよ」

と、亀井が、切り返す。それでも、早苗は、頑固に、

「でも、女の方が多いと思いますわ。も、殺しの方法が、同じです。寺沢の場合は、紅茶の中に、青酸を混入しておいたわけですし、金刀比羅宮では、麦茶の中に、混入しておいたわけです。手段が同じだということは、同一犯人だということではないかと、思うのです」

「多分、同一犯人だろうね。それが、疑問というわけではないんだろう？」

と、十津川は、きいた。

「いいえ。同一犯人としますと、寺沢を殺したのも、女ということになってきて、小田冴子

の恋人のミュージシャンという存在が、宙に浮いてしまうのではないかと、思うのです。今のところ、女一人で、済んでいるわけですから」

と、早苗は、いう。

「つまり、小田冴子の恋人のミュージシャンを追いかけても、無意味だといいたいのかね？」

十津川が、苦笑まじりに、きくと、早苗は、あわてて、

「いいえ」

と、いい、

「もし、女の他に、その男が、小田冴子の仇《かたき》を討っているのだとしたら、どんなパートを、受け持っているのだろうかと、思いまして」

「なるほど。君の疑問も、もっともだ。橋本君に小田冴子の恋人が、見つかったかどうか、聞いてみよう」

と、十津川は、いい、受話器を取って、橋本に、かけた。

彼は、事務所兼自宅にいた。

「申しわけありません。まだ、見つかっていないのです。何しろ、小田冴子が、夫がまだ生きている時から、つき合っていたとすると、不倫のわけです。それだけに、冴子の方も、男の方も、きっと、人に知られないように、慎重に、つき合っていたと思うのです。いい

わけになりますが、それで、なかなか、浮び上って来ないのだと思います」

と、橋本は、いった。

「なるほどね。不倫だったわけだな」

「そうなんです。なかなか、見えて来ないので、今度は、冴子の夫の方から、追ってみたいと、思っています。ひょっとすると、彼は、妻の不倫に気付いていたかも知れませんから」

と、橋本は、いった。

「不倫の恋人が、ミュージシャンだというのは、間違いないのかね？」

と、十津川は、きいた。

「正直にいって自信は、ありませんが、今のところ、唯一の恋人話というのが、ミュージシャンとつき合っていたという噂《うわさ》なのです。他には聞こえてきませんから」

と、橋本は、いった。

「何かわかったら、すぐ、電話して欲しい」

と、十津川は、いって、電話を切った。

3

十津川は、引き続き、丸山と、高田の周辺を調べ、D金融の実体を、明らかにすることにした。

その過程で、なぜ、高田が殺されたのか、犯人は誰なのかが、わかってくるのではないかと、思ったからである。

ただ、D金融について、国税庁のように、査察をするわけにはいかなかった。高田が殺されたのは、今のところ、あくまでも、個人としての高田が、狙《ねら》われたのであり、D金融が、狙われたわけではなかったからである。従って、高田が殺された理由を知りたいから、会社の帳簿を全て、見せるように、丸山に、強制も、出来なかった。社長の丸山が、拒絶すれば、それで、終りだからである。

それに、国税庁が、今まで、D金融を摘発していないのは、相手が、尻《し》っ尾《ぽ》を摑《つか》ませずに来たからなのだろう。

「服部《はっとり》秀夫という男に会って下さい」

という電話が、突然、捜査本部に、かかってきたのは、D金融を追って悪戦苦闘している時だった。

若い女の声である。

「服部秀夫に会って下さい」

と、繰り返した。

「どういう人で、なぜ、会わなければいけないんですか？」

と、十津川は、きいた。

名前もいわずに、いきなり、服部にと切り出したのだが、十津川は、相手の語調に、必死なものを感じたのだ。

「その人は、間もなく、死にます」

と、電話の主は、いう。

十津川は、素早く、小型のテープレコーダーを取り出して、電話に接続し、録音のスイッチを入れた。

「ただ、それだけでは、どうにもなりませんよ。今、われわれは、殺人事件を追っていて、忙しいのです。われわれの捜査に、何か、関係があるんですか？」

「D金融を、調べていらっしゃるんでしょう？」

「D金融の相談役だった人のことを調べているんです」

「それなら、服部秀夫に会って下さい」

「何処に行けば、会えるんですか？」

「武蔵境《むさしさかい》のS病院です」

「S病院ですね？」

「早く行かないと、死にます」

「もし、もし」

と、十津川は、もっと、聞こうとして、呼びかけたが、電話は、すでに切れていた。

「カメさん。武蔵境へ行くよ」

と、十津川は、受話器を置いて、亀井に、声をかけた。

二人は、パトカーに乗り込んだ。

「警部は、今の電話が、大事なものだと、お考えですか？」

と、車を運転しながら、十津川に、きいた。

「わからん。服部秀夫という人間が何者なのかも、不明だからね」

「それでも、会ってみようと思われたのは、電話の声に、それだけの説得力が、あったからですか？」

「というより、藁《わら》にもすがるというやつかな」

と、十津川は、わざと、そんないい方をした。

三鷹《みたか》と武蔵境の中間あたりに、S病院があった。

建物だけは、五階建の堂々たるものだが、入口に入ると、かび臭い感じがした。

サイレンが聞こえて、救急車が、横付けされたところをみると、救急病院にも指定されているのだろうが、光りかがやく、総合病院のイメージは、なかった。

廊下も、うす暗いし、廊下を歩いている入院患者も、下を向いている。患者が、この病院を、信用していない感じがする。

通りかかった看護婦に、十津川は、

「ここに、服部秀夫という人が、入院している筈なんですが、どの病室ですか？」

と、きいた。

「服部さん？」

と、その看護婦は、きき返してから、

「ああ、その患者なら、亡くなりましたよ」

と、そっけなく、いった。

「亡くなった？」

「ええ。家族の方？」

「いや」

と、十津川は、警察手帳を、示した。

看護婦は、別に、驚いた顔にもならず、

「あの患者の死因に、変なところはありませんよ」

「死因に不審なケースもなかったのか？」

と、亀井が、きいた。

「家族に訴えられたこともあるみたいだけど、仕方がないんですよ。立派な大病院が、敬遠するような患者を、うちが、引き受けているんだから」

と、看護婦が、いった。

「それで、服部さんは、いつ亡くなったんですか？」

と、十津川は、きいた。

「昨夜の午前二時頃ですよ」

と、看護婦はいい、事務局の人間を、連れてきた。あとは、この男に、聞いて下さいという感じだった。
三十五、六の事務局の男は、最初から、警戒する眼で、十津川と、亀井を見つめた。
「死因に、不審な点はありませんよ。あの患者は、慢性の心臓病で、ここに運び込まれてきた時から、危いといわれていたんです」

と、男は、それだけを、いう。

「別に、死因をあれこれいうつもりはありませんよ」

と、十津川は、苦笑して見せたが、男は、

「救急車で運ばれてきたんですが、他の病院では、嫌がって、引き受けなかったんです。それで、仕方なく、うちが、引き受けて、今まで、看護して来たんですよ。何しろ、衰弱しきっていたし、保険証もないし、家族もいないといった患者ですからねえ。どこの病院だって、敬遠するんです」

と、しきりに繰り返している。

「とにかく、遺体に、会わせて下さい」

と、十津川は、いった。

地下の霊安室に、案内された。ここは、どこの霊安室とも、大した違いはなかった。暗くて、陰気なのだ。

服部秀夫の遺体は、ひどく小柄だった。死顔は、安らかだというが、この死顔は、苦痛に満ちているように見えた。絶えず、必臓発作に悩まされていたからだろうか。

遺品も、わずかしかない。風呂敷《ふろしき》一つに納まってしまう量だし、その品物も、安物ばかりだった。入院中に使っていたというタオル、歯ブラシ、石鹼《せっけん》といった品物だけなのだ。

その中で、十津川が注目したのは、三本のボールペンだった。

十津川は、服部が、入っていたという病室に案内して貰《もら》った。

十二人の大部屋である。雑然とした病室で、うなり声をあげている重病人もいれば、イヤホーンで音楽を聞いている軽い病人もいる。

それでも、十二のベッドは、昨夜まで寝ていた服部秀夫のベッドを除いて、満杯だった。

それだけ、入院したい患者がいるということなのだろうか。

十津川と、亀井は、空いたベッドの隣りにいる六十五、六の男に、話を聞くことにした。

彼は、一見、元気に見えたが、胃に穴があいているのだという。

事務局の男が、出てしまうと、原田という、その患者は、声をひそめて、

「ここは、生きて退院できないという評判の病院だよ」

と、いった。

「それなのに、あんたは、なぜ、ここに入ってるんだ？」

と、亀井が、きいた。

「家が狭くてね。わたしが、ここに入っていると、息子夫婦が喜ぶのさ」

と、原田は、いった。

「隣りにいた服部さんですが、どんな人でした？」

十津川は、原田にきいた。

「可哀《かわい》そうな人だったね。いつも、発作に悩まされてね。この病院のやってることといえば、その度に、注射するだけだったからね」

「あんたは、どんな手当てを受けてるんだ？」

と、亀井が、きいた。

「毎日、点滴を受けてるよ」

「それが、病気にきくのかね？」

「さあねえ。とにかく、何でもかんでも、点滴だよ。点滴が、一番儲《もう》かるらしくて、点滴さえ受けてれば、医者は、機嫌がいいのさ」

と、原田は、妙にさとり切ったような笑い方をした。

「隣りの服部さんのことですが、面会に来た家族はいませんでしたか？」

と、十津川は、きいた。

「いなかったね。家族はいなかったんじゃないのかね？　それとも、家族が、寄りつかなかったのかも知れないいな」

原田が、いったとき、近くにいた患者が、

「女が、面会に来たことが、あったじゃないか」

と、口を挟んだ。

「ああ。いたなあ。最近、珍しく、女が二回ほど会いに来てたよ」

と、原田も、いった。

三十歳前後で、小柄な女だったと、原田ともう一人の患者は、いった。

「服部さんは、何か、書き物をしていませんでしたか？」

と、十津川は、三本のボールペンのことを思い出しながら、二人に、きいた。

「ああ、何かノートに、書きつけてたねえ」

と、原田が、いう。

「そのノートは？」

「ここの病院が、預ってるんじゃないの」

と、原田は、興味がないという感じで、いった。

4

十津川と、亀井は、五階の奥にある院長室に、あがって行った。

院長は、恰幅《かっぷく》のいい大男だった。広い院長室には、ゴルフ道具が置かれ、白いクルーザーの大きな写真が飾られていた。よく見れば、そのクルーザーを、操縦しているのは、キャプテンハットをかぶった院長である。

十津川は、昨夜亡くなった服部秀夫のノートを、見せて貰えないかと、院長に、いった。

「ノートって、そんなものは、なかったんじゃありませんか。所持品は、全部、風呂敷に包んで、遺体と一緒に、霊安室に、置いてある筈《はず》ですよ」

と、院長は、答えた。

「霊安室は、見ましたが、ありませんでした」

「それなら、ノートなんかないんじゃありませんか」

「しかし、隣りの患者は、服部さんが、毎日ノートをつけていたと、証言しているんですよ」

と、十津川は、食いさがった。

「それじゃあ、家族が、持っていったんじゃありませんか」

「遺体は、放ったままで、ノートだけ、持って行ったというんですか？」

「その辺のところは、私は、知りませんよ。事務局で、万事、やっていますから」

と、院長が、眉《まゆ》を寄せたとき、秘書らしい若い女が、顔を出して、

「お調べの電話番号が、わかりましたけど」

と、メモを、差し出した。

院長は、妙に、あわてた様子で、

「いいんだ。それは、もういいんだ」

と、手を振った。

亀井が、すかさず、立ち上って、秘書の手から、メモを取り上げた。

「ほう。これは――」

と、亀井は、声をあげ、そのメモを、十津川に、渡した。

十津川も、そこに書かれた電話番号を見て、

「ほう」

と、声をあげ、

「これは、確か、D金融の丸山社長の自宅の電話番号じゃありませんか？」

と、院長に、きいた。

院長は、これには答えず、

「例のノートのことを、事務局に、問い合せてみましょう。ひょっとして、そんなものが、

あったかも知れませんから」

と、いった。

結局、どこからか、大学ノートが現われ、それは、十津川たちに渡された。

十津川と、亀井は、それを持って、パトカーに戻った。

「あの院長は、くわせものですよ」

と、亀井は腹立たしげに、いった。

「でも、医者だ」

「金儲け第一のですよ。大部屋の患者の枕元《まくらもと》に、大きな箱が置いてあるのに、気付かれましたか?」

「そういえば、あったね。大きな缶もあったが」

「その一つを見せて貰ったんですが、中は、薬で一杯でしたよ。あの病院じゃ、医者は、ろくに診察もせず、入院患者に、ただ、具合はどうって、聞くだけだそうですよ。頭が痛いといえば、頭痛薬を、どさッとくれる。胃が痛むといえば、胃の薬を一杯くれる。たちまち、薬だらけになって、患者は、仕方がないので、缶とか箱に、それを、溜《た》めておくんだそうですよ。そんな病院ですよ」

「その院長が、なぜ、丸山の自宅の電話番号を、知りたがったのかな?」

と、十津川は、呟《つぶや》きながら、問題の大学ノートのページを繰っていった。

亀井は、十津川が読み易《やす》いように、車を、道路脇《わき》にとめた。

十津川は、読み終ると、それを、亀井に渡した。

〈私は、三年前まで、江東区内で、手広くケーキの専門店をやっていました。「プチモンド・ハットリ」といえば、少しは知られた店で、江東区内に、本店と、四つの支店を持っていました〉

で、そのノートは、始まっていた。

当時、服部は、五十二歳。妻との間に子供はなく、自らスポーツカーを走らせるのと、犬を飼うのが、趣味といったところで、仕事が、生き甲斐《がい》だった。

仕事では、守りに廻《まわ》るのが嫌で、店を広げようと考えたが、バブルがはじけてしまい、どの銀行も融資を、断ってきた。

その時、D金融が、融資しますといってくれた。社長の丸山に、会ってみると、物静かで、信頼できそうに見えたし、相談役の高田は、学究肌で、彼の話を聞いていると、夢が、どんどん広がっていくような気がした。

D金融からは、二億円の融資を受けた。

その金で、服部は、本店を始めとして、支店の改造に取りかかった。

全てが、うまくいくように見えた。

その最中、服部は、愛車のポルシェ911を運転していて、事故にあった。

伊豆《いず》で、運転の自由を失い、断崖《だんがい》から、転落した。

誰もが、死んだと思うような事故だったが、彼は、一命をとりとめた。しかし、一時的に記憶喪失状態に陥ってしまった。

一年近く、入院し、治療に専念して、ようやく、記憶を取り戻した。が、その間、外部で、何が、どう動いていたのか、全く、知らなかった。

妻や、腹心の部下の副社長が、何回か面会に来たらしいのだが、それも、服部は、覚えていないのだ。

とにかく、社長に復帰しようとして、服部は、驚く。

社長には、今まで、副社長だった白井が、おさまり、会社の名前も、変ってしまっていた。

それどころか、一年前、服部は、二億円を、D金融に、借りた筈なのに、二十億円を融資して貰ったことになってしまっていた。

服部は、驚いて、弁護士を頼み、D金融社長と、白井を告訴した。が、敗北した。

その原因は、幼なじみで、信頼し、仕事をまかせていた白井の裏切りだった。彼だけではない。会社の幹部クラスが、ほとんど、D金融に買収されていては、勝ち目はなかった。

二十億円もの借用証は、明らかに、二億円の借用証の改竄《かいざん》だったが、実務を委《まか》せていた白井が裏切ってしまったのだから、服部に、勝ち目は、なかった。

服部の杜撰《ずさん》経営が、招いた結果で、それを、副社長の白井が、最小限の損失にとどめたという結論になってしまった。

敗北した服部は、会社を追放され、妻も、彼の許《もと》から、去ってしまった。

服部は、酒におぼれ、慢性の心臓病になってしまった。

そんな経過が、細かい字で、大学ノートに、書きつづられている。

「あの院長は、これを読んで、D金融をゆするつもりだったのかも知れませんね」

と、亀井は、いった。

「多分、そんなところだろうが、私が、読んで、最初に感じたのは、オダ宝石店のケースに、よく似ているということだよ」

と、十津川は、いった。

亀井も、肯《うなず》いて、

「確かに、そうですね。オダ宝石店も、副社長の寺沢が、社長の小田冴子が、四国で行方不明になっている間に、会社の実権を握り、D金融に、多額の借金があると発表し、その返済に、奔走したことになっていますね。よく似ています」

「服部の場合も、車の事故は、恐らく、計画されたものだと思うね。社長の服部が、交通事故で亡くなったあと、彼の信頼を集めていた副社長の白井が、実は、莫大《ばくだい》な借金があったと発表し、その返済に、奔走するという図式になっていたんだろう、ね」

「財産を、D金融と、白井が、分配してしまうわけですね」

「D金融からの二十億円もの借金に対して、返済するという形でね」

と、十津川はいった。

「同じことが、オダ宝石店でも、行われたわけですか。しかし、それを証明するのは、難しいですね。服部も、弁護士を頼んで、告訴して敗《ま》けているんですから」

と、亀井は、いった。

「会社の幹部が、D金融側についてしまえば、勝てないよ」

と、十津川は、いった。

「だから、死んだ小田冴子の知り合いが、実力で、仇討《あだう》ちを始めたんでしょうか」

「そう見ても、いいんじゃないか」

と、十津川は、肯いた。

5

二日後、十津川は、連絡を受けて、新宿の喫茶店で、橋本に会った。

「例のミュージシャンですが、どうやら、幻影《ミラージュ》というグループの一人のようです」

と、橋本は、いった。

「どんなグループなんだ？」

と、十津川は、きいた。

「五年前に結成された、女一人と、男四人のグループです。五年前は平均二十五、六歳だったといいますから、現在は、三十歳ぐらいだと思いますね」

「今も、そのグループは、健在なのかね？」

「いえ。解散してしまっています。それで、つかまえるのが、難しいんですが」

と、橋本は、いう。

「本当に、小田冴子の恋人が、その中にいるのだね？」

と、十津川は、きいた。

「小田冴子が、このグループに、資金援助をしていたことは、間違いないようです」

と、橋本は、いい、一枚の写真を、十津川に見せた。

何かのパーティ会場らしい。

小田冴子が、和服姿で、椅子《いす》に腰を下ろし、彼女を、ギターや、マイクを持った男女五人が、取り囲んでいる写真だった。男女五人は、それぞれ、派手な化粧をし、頭に、鳥の羽根をつけたりしているので、素顔は、よくわからなかった。

「それは、二年前、オダ宝石店が、店を改造したのを記念し、Nホテルで、謝恩パーティを開いた時のものです。グループ幻影《ミラージュ》の連中は、そのアトラクションに、呼ばれたようです」

と、橋本は、説明した。

「しかし、この写真では、五人の素顔が、よくわからないね」

と、十津川は、いった。

「そうですね。このグループは、仮面のように化粧をして、出演するのが、売りものの一つになっていましたから」

「この五人の名前は、わかっているのか？」

「その写真の裏に、書いておきました」

と、橋本が、いう。

裏を返すと、なるほど、五人の名前が、書き込んであった。

ボーカルの女の名前は、望月《もちづき》えり、男四人の名前は、藤本宏、倉田淳、井上健二、竹内光一、であった。

「リーダーは、ギターの藤本宏です」

と、橋本は、いった。

「この五人が、今、どうしているか、わからないといったね？」

「そうなんです。音楽の世界に残っていれば、何とか、探す方法があるんですが、この五人は、五人とも、すっぱりと、この世界から足を洗ってしまったんです。それで、見つけ出すのが、難しくて」

と、橋本は、いう。

「何とか、この連中の消息をつかんで欲しいね」

「彼等が、よく行っていたというバーがわかりましたので、そこを訪ねてみようと思っています。バーのマスターがこの世界のことに、詳しい男だそうです」

と、橋本は、いった。

「私も一緒に行くよ」

と、十津川は、いった。

橋本の案内で、新宿三丁目の、ビルの地下にある小さなバーに、行った。

今では珍しい、レコードをかけている店だった。

マスターは、六十歳ぐらいの男で、彼の娘だという三十五、六の背の高い女と、二人で、店をやっていた。

自分も、ピアノを弾いていたという小野というマスターは、十津川に向って、

「あの五人は、いい意味のアマチュアだったんだね。だから、やめる時も、すっぱりと、やめられたんじゃないかねえ」

と、いった。

「ここにも、よく来ていたんですか？」

と、十津川は、きいた。

「ああ、来てたよ」

「その時、この女性が、一緒じゃなかったですか？」

と、十津川は、小田冴子が、五人と一緒に写っている写真を見せた。

小野は、じっと、写真を見ていたが、

「ああ、この女性ねえ。何回か、連中と一緒に来たことがあったねえ。きれいな女《ひと》でね。まあ、連中のスポンサーといった感じだったかな」

「男四人の中に、恋人がいたんじゃないかという話があるんですが、知りませんか？」

と、十津川は、きいた。

「恋人？」

「そうです」

「どうだったかなあ」

と、小野は、宙に眼をやって、考え込んでいたが、

「倉田クンかも知れないな」

「彼は、今、何処《どこ》にいます？　何をしているか、わかりませんか？」

と、十津川は、きいた。

「どうしても、会う必要があるの？」

「そうです」

「まさか、逮捕するんじゃないだろうね？」

マスターが、きく。

「いや、話を聞くだけですよ」

と、十津川は、微笑を浮べて、いった。

「それなら、何とか、探してみようかね。店には、あのグループと、仲の良かった奴《やつ》が、今でも、よく来るから、消息を知ってるかも知れない」

と、マスターは、いった。

十津川は、彼に電話番号を書いた名刺を渡して、橋本と、店を出た。

「倉田という男が、犯人だと思いますか？」

と、橋本が、歩きながら、きいた。

「それに、女が絡んでいる。少くとも金刀比羅宮で、高田を殺したのは、女だからね」

と、十津川は、いった。

橋本が、もう少し、ミュージシャンや、ＯＢたちが集る店を廻《まわ》ってみるといい、十津川は、別れて警視庁に、戻ることにした。

翌日、マスターの小野から、電話があった。

「倉田のことが、わかったよ」

「何処で、何をしているか、教えて下さい」

「念を押すが、逮捕するんじゃないだろうね？　そんなことをされると、おれは、立場がなくなるからね」

と、小野は、いう。

「逮捕はしません。約束しますよ。とにかく、話を聞きたいだけです。あなたの顔を潰《つぶ》すようなことは、しませんよ」

と、十津川は、いった。

「倉田は、今、鴨川《かもがわ》のシーワールドで、電気の保全の仕事をしている」

と、小野は、いった。

「鴨川って、千葉のですか？」

「ああ。彼は、もともと、電気関係の専門学校を出ているんだ」

「行ってみます」

「彼に会ったら、また、おれの店に飲みに来いといってくれ」

「伝えます」

と、十津川は、いった。

十津川は、電話がすむと、亀井と、列車で、千葉の鴨川に、向った。

外房《そとぼう》線で、安房《あわ》鴨川に着くと、そこからバスで、シーワールドに向った。

倉田を、呼び出して貰《もら》い、園内のレストランで会った。

時々、イルカのショーの歓声が、聞こえてくる。

倉田は、三十二、三歳だろう。地味な保全関係の制服を着ているので、元、ギターをやっていたようには、見えなかった。

「ここは、楽しいですか？」

十津川は、そんな質問から始めた。

倉田は笑って、

「そういう質問は、答えにくいな。どこだって、楽しい時もあるし、辛《つら》い時もありますよ」

「幻影《ミラージュ》をやっていた頃、小田冴子さんと、親しくしていたようですね」

と、十津川は、きいた。

「小田冴子って、あの宝石店の社長さんですか？」

「そうです」

「それなら、親しくつき合って頂いてましたよ。売れない僕たちのバンドを、助けてくれましたからね」

と、倉田は、意外に、あっさりと、認めた。

「それは、いつ頃からですか？」

「いつ頃だったかなあ。僕たちが、バンドを結成して、すぐだったと思いますね」

「では、小田冴子さんのご主人が、亡くなる前からですね？」

「そうですね。ご主人に、会ったこともあるから」

と、倉田は、いった。

また、イルカのショーの歓声が聞こえた。

「小田冴子さんが、亡くなったことは、知っていますね？　四国の足摺岬で」

「ええ。知っていますよ。新聞で、見ました」

「葬儀には、行きましたか？」

と、亀井が、きいた。

「行きませんでした」

「なぜですか？　バンドをやってた頃は、いろいろと、世話になってたわけでしょう？」

「バンドをやめてから、音楽の世界とは、すっぱり、縁を切ることにしたんですよ。いろいろな思い出ともね」

と、倉田は、いった。

「だから、葬儀にも、行かなかった――？」

「ええ。いけませんか？」

「別に、いけないとは、いいませんがね」

「そんなことを聞きに、わざわざ、鴨川まで、来たんですか？」

倉田は、逆に、きく。

「実は、あなたが、亡くなった小田冴子さんの恋人だったんじゃないかという話を聞きましてね。それを、確かめに来たんですよ」

と、十津川は、いった。

「僕が、社長さんと？」

「そうです」

「しかし、ご主人がいましたよ」

「でも、二年前に亡くなり、そのあと、小田冴子さんは、ずっと、ひとりだったわけです」

と、十津川は、いった。

「僕は違いますよ。あの社長さんに、恋人がいたとしてもね」

と、倉田は、いった。

「あなたじゃないとすると、誰ですかね？　幻影《ミラージュ》には、あなたの他に、三人の男性がいましたね。その中の誰ですか？　リーダーの藤本さんですか？　それとも、他の二人のどちらかですか？」

と、十津川は、きいた。

「どうして、僕たちが、そうだというんですか？」

倉田は、不思議そうに、きいた。

「小田冴子さんの恋人は、親しくしていたミュージシャンという話ですからね。そうなると、あなた方しか、考えられないのですよ」

「もし、恋人だったら、どうなるんですか？」

と、倉田は、きいた。

「今、倉田さんは、おひとりですか？」

と、十津川は、きき返した。

「僕ですか？　今のところ、ひとりですよ。この仕事について、まだ自信が持てませんからね」

と、倉田は、いった。

「亡くなった小田冴子さんは、魅力があったでしょう？　美人だし、経済力があるし、優しそうだから」

「ええ。ありましたね」

「あなた以外の三人の中に小田冴子さんに、憧《あこが》れていた人はいませんかね？」

「憧れていたというのは、どういう――？」

「あなた方は、全員、独身だったんでしょう？」

「そうです」

「それなら、自分たちを援助してくれる美人の社長に、憧れを持っても、おかしくはないんじゃありませんか？」

と、十津川は、いった。

「もし、憧れていたとしたら、どういうことになるんですか？」

倉田は、また、きき返してきた。

「憧れの対象の小田冴子さんが、死んだ。それも、殺されたとなると、犯人が、憎い、だから仇《あだ》を討ちたいと思う——」

「ちょっと待って下さい。何だか、聞いていると、小田冴子さんが、殺されたので、僕たちが、その仇討ちをしてるみたいじゃないですか。僕たちが、人殺しでもしたみたいじゃありませんか？」

と、倉田は、反撥《はんぱつ》した。

「今、仇討ちと思われる殺人事件が、二件も、起きているんですよ。いずれも、四国でね。最近四国に行かれたことは？」

「行っていません。それに——」

と、いいかけて、倉田は、いい澱《よど》んだ。

「それに、何ですか？」

と、十津川は、先を促した。

「僕も、リーダーの藤本たちも、犯人なんかじゃありません。それは、よくわかってるんですよ」

と、倉田は、いった。

「妙ないい方ですね」

「何がですか？」

「犯人じゃないということは、よくわかっていると、いいましたよ。よくわかっているというのは、どういう意味なのか、話してくれませんか」

「とにかく、よくわかっているんです。いえるのはそれだけです」

と、倉田は謎《なぞ》めいたいい方をした。

第五章　誘　拐

1

「犯人じゃないことは、よくわかっていると、倉田は、いったが、妙ないい方だね」

と、十津川は、難しい顔で、亀井を、見た。

「そうですね。普通なら、おれは、犯人じゃないというんじゃありませんか」

と、亀井も、首をかしげた。

「とにかく、持って廻《まわ》ったいい方だという気がするね。ミュージシャンというのは、もっと、直截《ちょくせつ》に、物をいうような気がするんだが」

「そうですね。あのいい方は、おれは、犯人じゃないが、犯人が誰かは知っていると、いっているように、聞こえます」

と、亀井は、いった。

「その点は同感だが、倉田が、本当に、犯人を知っているかどうか、わからんよ。自分が犯人であることを隠そうとして、あんな思わせぶりなことを、いったのかも知れない」

と、十津川は、いった。

「その可能性もありますね。しかし、そうだとしたら、われわれが、いくら脅しても、本当のことは、喋《しゃべ》りませんよ」

「わかっている。しばらく、倉田という男に、監視をつけよう」

と、十津川は、いった。

今回の事件の経過は、だいたい、想像がついてきたと、十津川は、思っていた。

D金融という会社がある。

社長の丸山は、経営コンサルタントの高田と組んで、悪どい商売で、資産を増やしてきた。

何人もの被害者が出ているらしい。十津川が、今までに調べてわかった被害者は、オダ宝石店の女社長の小田冴子と、プチモンド・ハットリの社長、服部秀夫の二人である。

この中《うち》、服部社長の方は、殺されなかったが、小田冴子は、自殺に見せかけて、足摺《あしずり》岬《みさき》で、殺されてしまった。

そして、小田冴子の仇《かたき》を討つ人間が、現われた。

その人間は、まず、D金融と組んで欺《だま》して小田冴子を殺した、副社長の寺沢を、四国に誘い出し、特急しおかぜ9号の車中で毒殺した。

次は、D金融の相談役だった、経営コンサルタントの高田を、これも、四国の金刀比羅《ことひら》宮《ぐう》に誘い出して、殺した。

高田を殺したのは、どうやら、女らしいが、寺沢殺しの方は、男とも、女とも、判断がつかない。

小田冴子の仇を討ったと考えれば、犯人は、彼女と親しかった人物となってくる。

冴子に子供はいない。きょうだいもない。

二年前に亡くなっている夫の方には、弟がいるが、十津川が調べたところ、冴子とは、仲が悪かったようだから、その義弟が、冴子の仇を討つとは思えなかった。

残るのは、冴子の友人、知人、恋人ということになる。それで、生前の冴子が、後援していたミュージシャンのグループということになってくるのだ。

しかも、冴子には、ミュージシャンの恋人がいたという噂《うわさ》を耳にすれば、なおさらというわけである。

十津川たちが、マークしたのが、そのグループの倉田淳だった。これは、間違いではないと、十津川は、思っている。

金刀比羅宮で、高田を殺したのは、女だったから、この女は、同じグループにいたボーカルの望月えりかも知れない。

「倉田が、復讐《ふくしゅう》を計画し、仲間の望月えりに、力を借りたんじゃありませんかね。金刀比羅宮では、表面的には、ただ、高田に、麦茶を渡しただけですから、まさか、その中に、毒が入っているとは思わず、指示された通りに動いたということだって、考えられます。その中に、女は、高田に、麦茶の入った紙コップを渡し、すぐ、姿を消していますから、彼が死ぬところは、見ていないんです」

と、亀井は、いった。

「そうだな。望月えりという女に、会ってみる必要がありそうだな」

と、十津川も、いった。

倉田にきいたが、彼は、望月えりも、他の三人の住所も、知らないという。

「僕は、音楽に未練はないんです。と、いうより、音楽を離れた生活をしてみたいと思っているんですよ。今になってみると、あれは、遊びみたいなものでしたからね。何年か、音楽のない生活をしてみて、もう一度、音楽を考え直してみたいというわけです。それで、仲間の四人とも、つき合いを止《や》めてしまっているんです」

と、倉田は、自分の気持を、説明した。

しかし、その言葉を、十津川も、亀井も、鵜呑《うの》みにはしなかった。

十津川たちの推理が当っていて、倉田が、望月えりと組んで、寺沢と、高田を、殺したのかも知れない。それなら、倉田は、必死になって、望月えりとの関係を、否定するだろうからである。

十津川は、まず、倉田に、監視をつけることにした。

第一の理由は、倉田の動きを監視していれば、彼が、望月えりに会うかも知れないと、思うからだが、第二の理由は、次の殺人を、防ぎたかったからである。

小田冴子を、直接、手を下し、自殺に見せかけて殺したのが、誰かは、まだ、わからない。寺沢かも知れないし、金で傭《やと》われた人間かも知れない。

だが、D金融の社長の丸山、コンサルタントの高田、そして、オダ宝石店の副社長だった寺沢の三人が、共謀して、冴子を殺したことだけは、間違いないと、思われる。

と、すれば、寺沢と、高田を殺した犯人は、次に、丸山を狙《ねら》うだろう。それを防ぎたかったのだ。

十津川は、西本刑事たちに、倉田の動きを監視し、同時に、望月えりの居場所を突き止めるように命じておいて、亀井と、D金融社長の丸山に、会いに出かけた。

2

丸山は、JR中央本線の国立《くにたち》駅の近くに、大きな邸宅を構えていた。

長い塀の内側のところどころに、監視カメラが、威圧するように、稼動している。

玄関に廻ると、車が、あわただしく、出入りしているのに、ぶつかった。

それが、気になって、十津川は、その車のナンバーを、手帳に書き止めてから、インターホンを鳴らした。

警察手帳を見せて、十津川と、亀井は、奥に通った。

広い書斎で、丸山に会った。

その部屋の隅には、三台のＦＡＸが置かれてあって、それが、絶えず、かたかたと、動き、通信文を、吐き出していた。

「お忙しそうですね」

と、十津川が、ＦＡＸに眼をやって、いうと、丸山は、

「世界中の金融情報を、見守らなければいけませんのでね」

と、ニコリともしないで、いった。

「大変な仕事ですね」

と、十津川が、いった。

「今日は、何のご用ですか？」

丸山は、相変らず、難しい顔で、きく。

「高田さんが、亡くなった、いや、殺されましたね。そのことで、丸山社長に、何か心当りがあるのではないかと、思いましてね」

「全くありませんね。高田先生の個人的な事情については、私は、タッチしたことは、あ

りませんから」

と、丸山は、そっけなく、いった。

「個人的な問題で、殺されたと、お考えですか？」

と、十津川は、きいた。

「他に、理由は、考えられませんね」

丸山は、断定的ないい方をする。そのいい方は、自分の言葉を、全く信じてないように、十津川には聞こえた。

若い、精悍《せいかん》な顔付きの男が、黙って、入って来て、FAXから吐き出され、溜《たま》っている資料を、まとめて、持って行った。

十津川は、その男を、見送ってから、丸山に向き直って、

「実は、次に狙われるのは、あなたではないかと、思っているのです。脅迫めいた手紙や、電話を、今までに受け取られたことは、ありませんか？」

「そんなものは、しょっちゅう、貰《もら》っていますよ。人間というのは、わがままなもので、融資を受ける時は、これ以上ないという笑顔で、必ず、期間内に返済するといいますがね。いざ、返済の段階になると、今度は、なぜ、返さなければいけないんだみたいな態度になるんですよ。返済不能になって、こちらが、仕方なく、しかるべき措置をとると、今度は、鬼だとか、人殺しだとかわめき、お前を殺してやるといった脅迫状を寄越すんですよ。そ

れを全部、取っておいたら、脅迫状の束ができますよ」

と、丸山は、いった。

「しかし、実際に、その人たちが、実力行動に出ることは、ないんでしょう？」

「一度だけ、二年前に、玄関に、拳銃《けんじゅう》で、射《う》ち込まれたことがありますよ」

「だが、それは、脅しでしょう。今回、犯人は、すでに、二人の人間を、実際に殺しているんです。私の見るところ、この犯人は、オダ宝石店の女社長が、殺されたことに対する復讐として、寺沢を殺し、高田を殺していると、見ています。そうなると、次に狙われるのは、あなたです」

「だから、どうしろというのですか？」

と、丸山は、怒ったような声を出した。

「われわれに、協力して欲しいということですよ」

と、亀井が、いった。

「協力しろといわれても、今もいったように、犯人に、全く、心当りがありませんのでね」

相変らず、丸山の態度は、非協力的だった。

並んだＦＡＸが、鳴って、また、情報が、到着し始める。

十津川は、腕時計に眼をやった。

（この時間に、株式や、金融の情報が入ってくるのだろうか？）

また、さっきの若い男が、入って来て、ＦＡＸの吐き出した情報を、集めて持って行く。

「トイレをお借りしたい」

と、十津川は、断って、書斎を出た。

今の若い男は、急ぎ足で、二階へあがって行く。

「ちょっと、君」

と、十津川が、声をかけた。

男は、階段の途中で、立ち止まって、振り向いた。

「何ですか？」

と、鋭い眼で、十津川を見た。

「ＦＡＸの情報というのを、見せて貰えませんか」

「見たって、仕方がないでしょう。金融情報だから、警察には、関係ないですよ」

「いや、私も、銀行には、借金があって、金利には、神経質になってるんですよ。少しでも安くなれば、助かりますからね。ちょっと、見せて下さい」

と、十津川は、手を伸ばした。

「駄目ですよ。これは、営業上の秘密だから」

と、男は、十津川の手を振り払った。

その瞬間、男の手から、ＦＡＸ用紙が、一枚、こぼれて、下にいた十津川の足もとに、落ちてきた。

十津川が、それを拾いあげる。

男が、だだっと、階段を鳴らして、駈《か》けおりると、有無をいわせず、奪い取って、二階へ、消えてしまった。

3

十津川と、亀井は、丸山邸を出た。

「全く、非協力的でしたね」

と、亀井が、腹立たしげに、いった。

十津川は、笑った。

「仕方がないさ。丸山にすれば、本当に協力すると、自分のＤ金融が、どんなに悪どいことをやってきたかが、わかってしまうからね。それが、怖いんだよ」

「そうでしょうね。それにしても、やたらに、ＦＡＸが入っていましたね。世界の金融情報が、入っているんだといっていましたが、怪しいもんですよ。第一、Ｄ金融が、世界の金融情勢についての知識を必要としているのか、疑問ですからね」

と、亀井は、いった。

「あれは、違うよ」

と、十津川は、いった。

「警部は、見られたんですか？」

「ちらっとだがね」

「どんなことが、書いてありました？」

「引きちぎるように奪い取られてしまったので、内容は見られなかったが、ＦＡＸには、相手の名前と、ＦＡＸ番号が出るだろう。そこは、個人の名前になっていたよ。確か、池西功次郎だ。ＦＡＸ番号は、覚えていない」

と、十津川は、いった。

「その名前を、調べてみましょう」

「それから、この車も、調べて欲しい」

と、十津川は、手帳を見せた。この邸《やしき》へ来た時、表にとめてあった二台の車の、ナンバーである。

その車は、二台とも、消えてしまっていた。

亀井は、警視庁に戻ると、すぐ、電話帳を、繰って、池西功次郎の名前を、探してみた。

その名前は、すぐ、見つかった。自宅と、事務所の両方の電話番号が、のっている。

まず、自宅の方に、かけてみた。が、誰も出ない。

すでに、午後十時に近い。普通の事務所なら、とっくに閉っていると思ったが、亀井は、念のために、かけてみた。

ベルが鳴っている。が、相手は、出ない。

（やはり、もう閉っているのか）

と、亀井が、諦《あきら》めて、受話器を置こうとした時、

「もし、もし」

と、女の声が、聞こえた。

「池西功次郎さんに、お話があるんですが」

と、亀井は、いった。

「所長は、今、忙しいので、また、時間をおいて、おかけ下さい。来月になれば、調査を、お引き受け出来ると思います」

「あなたは？」

「私は、単なる事務の人間ですので、調査は、出来ません」

相手は、それだけいって、電話を切ってしまった。

「何かわかったか？」

と、十津川が、きく。

「どうやら、相手は、興信所か、探偵社ですね」

と、亀井は、いった。

「なるほどね」

と、いって、十津川は、ニヤッと、笑った。

翌日になって、十津川が、控えておいた二台の車のナンバーについて、東京陸運局で、調べて貰った。

一台の車の持主の名前は、北島隆行《たかゆき》。

もう一台は、垣内伸と、わかった。住所もわかれば、この二人が、何をしている人間かは、自然に、わかってくる。

北島隆行は、千駄ケ谷《せんだがや》に、事務所を持つ私立探偵だった。

垣内伸の方は、池袋周辺に勢力を持つN組の若手の幹部と、わかった。

「どうやら、丸山は、自分で犯人を見つけ出して、始末しようと考えているようだね」

と、十津川は、いった。

「金にあかせて、私立探偵を、何人も傭って、寺沢と、高田を殺した人間を、見つけ出そうとしているわけですね」

「そうだと思う。わかったことを、どんどん、FAXで、送らせているんだ。世界の金融情勢なんて、笑わせるよ」

と、十津川は、いった。

「N組の幹部の垣内は、なぜ、昨夜、あの邸《やしき》に来ていたんですかね？」

「垣内と、丸山のというか、D金融との関係を知りたいね」

「捜査課に行って、垣内という男のことを、聞いて来ます」

と、亀井は、いった。

彼は、部屋を出て行き、しばらくして、戻ってくると、十津川に、垣内伸の顔写真と、彼の経歴を書いたメモを渡した。

垣内の顔写真は、優しい感じで、暴力団の幹部という感じはなかった。もちろん、パンチパーマなどではなく、爽《さわ》やかな青年といった感じを受ける。

メモによれば、W大の仏文を卒業し、現在三十二歳である。

最初は、大企業に勤めるが、そこで、傷害事件を起こして退職。穏やかな顔付きの下に、激しい性格が、隠されていることを示している。

その後、さまざまな職業につくが、池袋で、友人のクラブを手伝っている時、N組の組員とケンカをし、それが縁でN組に入る。

N組では、頭角を現わし、若頭の一人。一度も服役しないのは、この世界では、稀有《けう》の例といわれている。

「丸山の大学の後輩に当ります」

と、亀井が、つけ加えた。

「いわゆるインテリヤクザか」

「頭の切れる男で、通っています。今回は、どうやら、丸山が、N組の組員に頼んで、垣内を、借りたということのようです。それから、丸山の邸で会った、若い男ですが、それは垣内の付き人で、名前は、若林です。年齢は二十五歳で、殺人未遂の前科があります」

「垣内は、今度の事件を何とかしようと、丸山が、呼んだというわけか」

「そうでしょうね。犯人を、われわれより先に見つけ出して、始末する気ですよ」

と、亀井は、いった。

「危険だな」

と、十津川は、呟《つぶや》いた。

「そう思います。連中は、幻影《ミラージュ》の五人にも、もう、目をつけていると思いますね」

「そうだろうね。危険なのは、われわれは、犯人かどうか調べてから、証拠を見つけて逮捕するが、連中は、疑惑だけで、消してしまうかも知れないからな」

と、十津川は、いった。

「そのくらいのことは、しかねませんね。丸山も、相談役の高田を殺されて、必死になっているでしょうから」

「なんとしてでも、私たちの方が先に、犯人を見つけたいね」

と、十津川は、いった。

望月えりが、見つかったという報告が入ったのは、翌日だった。

十津川は、西本に案内させて、パトカーを、横浜に、飛ばした。

伊勢佐木町《いせざきちょう》の喫茶店で、パートで働いているらしいというのである。

「尾行されてるようです」

と、西本が、運転しながら、サイドミラーに眼を走らせて、十津川に、いった。

「どんな車だ？」

と、十津川は、前を見たまま、いった。

「黒の国産車ですね。一定の距離以上に、近づいて来ません。なかなかうまい尾行です。どうしますか？　停《と》めて、何者か確かめますか？」

と、西本が、きく。

十津川は、笑って、

「相手が誰か、見当はつくよ。放っておこう」

と、いった。

問題の喫茶店に着く頃には、尾行の車は、消えていた。そのあたりも、尾行になれている感じだった。

望月えりは、この店で、パートで、働いていた。彼女は、歌が忘れられず、近くのカラオケ教室で、歌を教えたり、その仕事が休みの時は、喫茶店で、パートをしているのだということだった。

「今日は、倉田さんのことを聞きたくて伺ったんです」

と、十津川は、えりにいった。

えりは、小さな顔を、十津川に向けて、

「倉田さんとも、他の三人とも、解散したあと、一度も、会ってないんです」

と、いう。

「倉田さんも、そういっていましたね」

「そうでしょうね。本当ですもの」

「倉田さんと、亡くなった小田冴子さんとが、恋人関係だったという噂《うわさ》を聞いたんですが、それは、本当ですか？　あなたなら、よく、わかっていたと思うんですが」

と、十津川は、きいた。

えりは、微笑して、

「倉田さんは、何といっていました？」

「恋人はいたとしても、僕じゃない、といっていましたね」

「倉田さんらしいいい方だわ」

と、えりは、いった。

「どういう意味ですか？」

と、十津川が、きく。

「言葉どおりですよ。倉田さんなら、そんな答え方をしますもの」

「私は、倉田さんが、小田冴子さんの恋人だったと、思っているんです。そして、彼が、小田冴子さんの仇《かたき》を討ったのだろうと」

「仇って？」

「小田冴子さんは、欺されて、大事な宝石店を、乗っ取られ、自殺に見せかけて、足摺岬の海で殺されたんです。彼女の恋人だった倉田さんが、その仇を、取っているのだろうと、考えているわけです。あなたも、それに、手を貸しているんじゃありませんか？」

と、十津川は、きいた。

「私が？」

と、えりは、びっくりしたように、眼を大きくして、十津川を見た。

「違いますか？」

「違いますわ」

「それなら、倉田さん以外の三人、藤本、井上、竹内の中に、小田冴子さんの恋人がいるんですか？」

「さあ、私には、わかりませんけど」

「私の見たところ、幻影《ミラージュ》の中で、小田冴子さんの恋人だったと思われるのは、倉田さんなんですよ。倉田さんは女のあなたから見て、魅力的な男性だったんじゃありませんか？」

と、十津川は、きいた。

「ええ。女性ファンが、ずいぶんいましたよ。うちの男性たちの中で、一番、女の子のファンが多かったんじゃないかしら」

「それなら、二人が、ひそかに愛し合っていたとしても、おかしくはない」

と、十津川は、いった。

えりは、微笑しているだけで、イエスともノーともいわなかった。

「正直に話してくれませんかね。倉田さんが、危いんですよ」

と、十津川が、いった時、彼が、ポケットに入れておいた携帯電話が鳴った。

十津川は、店に外に出て、

「もし、もし、十津川だ」

と、いった。

「倉田が、消えました！」

と、三田村刑事の甲高《かん》い声が、十津川の耳を打った。

4

「消えたって、どういうことなんだ？　君たちで、倉田を、監視していた筈《はず》だろう？」

十津川は、きく。腹立たしさが、自然に、早口にさせる。

「そうなんですが、彼が、仕事を了《お》えて、シーワールドから、近くのマンションに帰って来たところまでは、確認したんです。そのあと、いつまでたっても、彼の部屋の灯がつかないので、必死になって、見に行ったところ、いなくなっていました」

と、三田村は、いう。

「君たちは、マンションの外で、監視していたんだろう？」

「はい。マンションの入口と、裏口を、見張っていました。外出したら、尾行するつもりで」

「彼の車は？」

「駐車場に、とめられたままです」

「部屋の様子は？」

「ドアは、カギがかかっていませんでした。まんまと、逃げられました」

と、三田村は、いう。

「いや、逃げられたんじゃないのかも知れない」

と、十津川は、いった。

「しかし――」

「彼がいなくなった、マンションの入口でも、裏でも、彼を見ていないんだろう？」

「そうです」

「それなら、倉田は、逃げだしたんじゃなくて、連れ出されたのかも知れない。そのマンションで、何か変ったことはなかったのか？」

「どの部屋かわかりませんが、引越しが一つありました」

「いつだ？」

「倉田が、帰ってくる時です」

「それだ！」

と、十津川は、大きな声でいった。

「しかし、引越しは、倉田が帰る前から、やっていたんですが」

「バカ！　倉田が帰宅したあとすぐ始めれば、怪しまれるじゃないか。すぐ、その引越しを調べてみろ！」

と、命じておいて、十津川は、店に戻った。

「何でしたか？」

と、西本刑事が、きく。

十津川は、望月えりに向って、

「倉田さんが、消えました。どうやら、誘拐されたらしい」

と、いった。

えりは、眉《まゆ》を寄せて、

「誰が、何のために、倉田さんを誘拐したりするんですか？」

と、きいた。

「多分、倉田さんが、亡くなった小田冴子さんの恋人で、彼女の仇を討っていると信じている連中です」

と、十津川は、いった。

「倉田さんは、危険なんですか？」

「ええ。危険です」

「お願いです。倉田さんを助けて下さい」

と、えりは、いう。

「もちろん、助けますよ。そのためにも、正直に、話して貰《もら》わないと困ります」

と、十津川は、いった。

「何をすれば、いいんですか？」

えりは、怒ったような顔で、きいた。

「倉田さんは、小田冴子さんの恋人だったんでしょう？　正直にいって下さい」

「正直にいいますわ。倉田さんが、小田冴子さんの恋人でなかったことだけは、わかっています」

と、えりは、いった。

十津川は、顔をしかめた。

「持って廻《まわ》ったいい方ですね。幻影《ミラージュ》の仲間は、みんな、そんないい方をする癖があるんですか？」

「――――」

「倉田さんが、こういっていたんです。犯人じゃないことは、よくわかっていますってね。今のあなたと、同じいい方だ」

「他に、いいようがなかったからじゃありません？」

と、望月えりは、いった。

5

倉田淳は、消えてしまった。

三田村たちが調べた結果、問題の運送会社のトラックは、その日の朝、君津市内で盗まれたもので、翌日の夕方、鴨川《かもがわ》近くの海岸に、乗り捨てられているのが、発見された。

これで、間違いなく、誘拐されたものと、十津川は、断定した。

誘拐したのは、もちろん、丸山だろう。実行したのは、N組幹部の垣内たちか。

「殺される恐れがありますね」

と、亀井が、いった。

「そうされないように、釘《くぎ》を刺しに行こう」

と、十津川は、いった。

「何処《どこ》にですか？」

「もちろん、丸山に会いにさ。カメさん。行こう」

と、十津川は、大きな声で、いった。

D金融本店の社長室で、丸山に会った。丸山は、渋面を作って、

「今日は、何のご用ですか？」

と、きいた。

「倉田淳という男を、知っていますね？」

「いや、知りませんが」

「この男です」

と、十津川は、倉田の写真を見せた。が、丸山は、首を横に振って、

「全く見たことのない男ですよ」

と、いった。

十津川は、構わずに、

「もし、この男が、死体で見つかったら、われわれは、あなたが、殺したものと考えます

よ」

「そんな無茶をいわれても困りますよ。会ったこともない男なのに」

と、丸山が、大げさに、肩をすくめて見せる。

「あなたが、否定しても構わない。とにかく、この男が殺されたら、あなたが殺したものと考えて、徹底的に、捜査する。今日は、その警告に来ただけです。カメさん、帰ろう」

十津川は、それだけいって、亀井を促して、社長室を出た。

「あれで、利き目がありますかね？」

と、亀井が、ビルを出ながら、いった。

「わからないが、少しは、心理的な抑制にはなるだろう」

と、十津川は、いった。

十津川が、自信が持てないのは、もう、すでに、倉田が、消されてしまっているかも知れないからだった。

殺されていなくても、絶対に、死体が見つからないように、深い海の底に沈める形で、殺すかも知れない。

翌朝早く、十津川は、

「すぐ来て下さい。殺人《ころし》です」

という亀井の電話で、叩《たた》き起こされた。

「殺されたのは、倉田か？」

十津川は、反射的に、きいた。

「いえ、女です」

「今度の事件と関係のある女なのか？」

「かも知れません」

「場所は？」

「晴海《はるみ》の埠頭《ふとう》です」

「わかった。すぐ行く」

十津川は、すぐ、服を着がえ、妻の直子の車、ミニ・クーパーSを運転して、晴海に向った。

まだ、夜が明けて間もなくて、都心に向う道路も、すいている。

十津川は、スピードをあげて、車を走らせながら、誰が、殺されのかと、考えていた。

亀井は、今度の事件に関係があるかも知れないと、いった。

関係のある女といって、すぐ、十津川の頭に浮ぶのは、殺された小田冴子と、金刀比羅宮で、高田に、毒入りの麦茶を渡した女の二人である。

小田冴子は、死んでいるから問題外だとすると、麦茶の女か。

しかし、なぜ、亀井は、死んでいるのが、麦茶の女だとわかったのだろうか？

晴海に着くと、埠頭のところには、すぐ、ロープが、張られていた。

亀井が、駈《か》け寄って来て、ロープの中にある真っ赤なスポーツカーを指さすと、

「仏さんは、あの中です」

と、十津川に、いった。

「派手な車だな」

「ポルシェです」

「仏さんの名前は？」

「運転免許証によると、上条あけみです。年齢三十一歳」

「知らない名前だな」

と、十津川は、呟《つぶや》きながら、ポルシェの運転席を、のぞき込んだ。

女は、運転席に、のけぞるような恰好《かっこう》で、死んでいた。

のどに、細いロープが、食い込んでいるのが、見えた。

「犯人は、後の座席にいて、うしろから、ロープをかけて、絞めたんだと思います」

と、亀井は、いった。

「カメさんは、今回の事件に関係がありそうだといっていたが、どうしてなんだ？　初めて見る仏さんだが」

十津川が、きくと、亀井は、白い衣裳を、持って来て、

「これが、助手席にあったからなんです」

と、いう。

「何だい？　それは」

「まあ、見て下さい」

と、亀井は、それを、広げて見せた。

十津川の眼が、きつくなった。

「それは、お遍路の服装じゃないか」

「その通りです。笠《かさ》と、杖《つえ》はありませんが、女のお遍路の服装一式です」

「なるほどね。小田冴子は、その恰好で、死んでいたんだ」

と、十津川は、いった。

「今、西本刑事たちが、この女の身元を調べに行っています」

と、亀井は、いった。

6

女の身元がわかったのは、その日の夜になってからだった。

運転免許証にあった六本木のマンションで、西本と、日下が、調べたところ、上条あけみは、赤坂のクラブで働いているらしいとわかったが、確認できたのは、夜、その店が、開いてからだったからである。

店の名前は、「あけみ」で、そこのママだった。

十津川と、亀井が、出かけて行き、ママの死を知らせ、マネージャーや、ホステスたちに当ったところ、面白いことが、わかった。

どうやら、ママのパトロンが、D金融の丸山社長らしい、という話だったからである。

「この店は、新しい感じだね」

と、十津川が、きくと、ホステスの一人が、

「一ケ月半前にオープンしたのよ」

「ママは、それまで、何処にいたんだろう？」

「この近くの『ルミ』というお店にいたのよ。そこでは、チーママだったのかな」

「じゃあ、大変な出世じゃないか」

と、亀井が、いった。

「ロンコウコウショウ」

と、ホステスは、いう。

「何だい？　それ」

と、十津川が、きいた。

「知らないけど、ママが、そういってたわ」

「論功行賞か。何の褒美なんだろう?」

十津川は、口の中で、呟いた。

「一ケ月半前というと、小田冴子が、お遍路の恰好で、四国に出かけた頃じゃありませんか?」

と、亀井が、いった。

「カメさん」

「はい」

「外へ出よう」

と、十津川は、短く、いった。

二人は、店の外に出た。

まだ、景気は悪いといわれていても、六本木の夜は、賑《にぎ》やかである。

十津川は、それを避けるように、スナックを見つけて、亀井を引っ張るようにして、店に、飛び込んだ。

店は、すいていた。

奥のテーブルに腰を下ろし、取りあえず、ラーメンを注文しておいて、

「殺された上条あけみだがね」

と、十津川は、声を低くして、亀井に、いった。

「はい」

と、亀井が、肯《うなず》く。

「顔立ちも、何となく、小田冴子に似ているし、背恰好も、似ている。そう思わないか」

「ええ。確かに、似ていますね」

と、亀井が、肯いた。

「そして、白のお遍路の装束だ。小田冴子は、お遍路姿で、四国に行き、二年前に死んだ夫の菩提《ぼだい》をとむらうということで、巡礼をし、足摺岬で、入水《じゅすい》自殺した。最初、そう思わされたんだ」

「ええ、その通りです」

「誰かが、そう思わせようとしたのかも知れない」

「はい」

「と、すると、あれは、誰かが、小田冴子になりすまして、四国を巡礼して、歩いたんじゃないか。松山から、海沿いに、寺を廻《まわ》って歩き、足摺岬で、姿を消す。そして、一ケ月後、水死体で、発見されれば、誰もが、小田冴子が、亡くなった夫のことを思い、入水自殺したと考える。それを狙《ねら》って、別人に、芝居をさせたんじゃないか」

「その役を、上条あけみが、演じたというわけですか」

「そうだよ」

「しかし、警部。橋本君が、調べた筈《はず》ですよ。小田冴子が、自宅から、お遍路の姿で、出発したことを。証言したのは、彼女が、いつも利用しているタクシーの運転手で、見間違える筈がありません」

「そうさ。だから、自宅から、東京駅まで、タクシーで行ったのは、本物の小田冴子さんだ。ただし、その先は、上条あけみの扮《ふん》した、ニセモノだったんじゃないか。列車の車掌や、四国の寺の人たちは、お遍路姿の小田冴子を目撃したといっているが、みんな、初めて、小田冴子に会う人たちだ。それに、じっと、見つめたわけじゃない。あとで、写真を見せられれば、この人だと思ってしまう。背恰好も、顔も似ているし、何よりも、お遍路姿という特別な服装だから、顔より、その方に、注意を払っていただろうからね」

と、十津川は、いった。

「つまり、上条あけみは、この芝居をやったことへの論功行賞で、D金融の丸山に、あの店のママにして貰《もら》ったというわけですか？」

「そうだよ」

「しかし、警部のいわれる通りだとしてもです、なぜ、小田冴子は、自宅から、お遍路の恰好なんかして、タクシーを呼び、東京駅まで、行ったんでしょうか？　警部のいう通りなら、彼女はそんな恰好はしたくなかったことになりますからね」

と、亀井が、当然の質問をした。

「誰かの指示で、そんな行動をとったんだよ」

「誰のですか？」

「多分、D金融の丸山だ」

「しかし、力ずくで、やったわけじゃないし――」

「私は、こんな風に、考えてみるんだ」

と、十津川が、いった時、ラーメンが、運ばれてきた。

話が、中断される。

「食べながら、聞いてくれ」

と、十津川は、いい、自分も、箸《はし》を取って、食べながら、

「小田冴子は、女社長だ。店を改装しようとしたか、広げようと思ったか。だが、バブルがはじけて、なかなか、銀行は、金を貸さない」

「それで、D金融に頼んだ？」

「ああ。そうだ。副社長の寺沢が、すすめたのかも知れない。そこで、丸山は、一つだけ条件を出した。お遍路の姿で、自宅を出発し、東京駅まで行って欲しい、そうしてくれれば、融資をするとね。冴子の方は、変なことをいうと思ったろうが、とにかく、それで、融資が受けられるならと思い、いう通りにした。東京駅には、同じように、お遍路の恰好をした上条あけみがいて、時間に合せて、新幹線に乗り込み、岡山へ向った」

「小田冴子は、東京駅から、どうしたんでしょうか？」

「トイレに入って、普通の服に着がえて、自宅に帰るつもりだったと思うよ。そういう約束だと思うからね。いや、丸山は、東京駅で、着がえて、何処《どこ》そこに来て下さい。そこで、小切手を渡しましょうと、いっておいたんだろうね。小田冴子は、その指示どおりに、丸山に会いに行き、捕まってしまった」

「監禁されたということですか？」

「ああ。そのあと、小田冴子になりすました、上条あけみが、お遍路姿で、新幹線で、岡山に行き、岡山で乗りかえ、特急しおかぜで松山に向う。松山から先は、二年前に死んだ夫の菩提をとむらうという感じで、四国の西海岸沿いの寺を廻って歩く。そして、足摺岬で、姿を消す。その日に合せて、監禁しておいた小田冴子を、足摺岬まで運び、お遍路姿にして、崖《がけ》から、海に突き落す。いや、生きたまま、小田冴子を、運ぶのは、大変だから、あらかじめ、海水を用意しておいて、それに、顔を押しつけて、殺しておいてから、足摺岬に運んだのかも知れないな」

十津川は、考えながら、いった。箸は、持っているが、ラーメンを食べることは、忘れてしまっていた。

「そうして、小田冴子を殺せば、世間は、彼女が、病死した夫の後を追って、自殺したと考えると、読んだわけですね？」

「そうだよ。向うの県警も、そう考えたからね」

「その計画には、副社長の寺沢も、一役、買っていたんでしょうか？」

と、亀井は、箸を置いて、きいた。

「もちろんだろう。社長の小田冴子が、いなくなれば、寺沢を、社長に推すと、丸山や、高田が、約束していたんだと思うね」

「その寺沢が、橋本君を傭《やと》って、小田冴子を探させていますが――」

と、亀井が、いった。

「社長が、行方不明になったんだ。探さなければ、怪しいと思われる。だから、心配したふりをして、私立探偵を傭った。社長の行方を探してくれと、頼んだんだ。その私立探偵が、たまたま、橋本君だったということだよ」

と、十津川は、いった。

「そうなると、誰が、上条あけみを、殺したかということになりますが、わざわざ、車の助手席に、お遍路の衣裳を、入れておいたところをみると、犯人は、寺沢や、高田を殺したのと、同一人物の可能性が強いですね」

と、亀井は、いった。

「そうだな」

「しかし、倉田は、今、連中に捕まって、どこかに、監禁されている筈です」

と、亀井が、いう。

「金刀比羅宮で、高田に、青酸入りの麦茶を呑《の》ませた女かな」

と、十津川は、いった。

「望月えりでしょうか？」

「どうかな。彼女が、倉田に頼まれてというのなら、わかるが、彼は、連中に捕まっているからね」

十津川は、また、黙っていた。

倉田が、小田冴子の恋人らしいことは、わかったと、思っている。倉田が、冴子と二人だけでいるのを見たという人間に、何人か、十津川は、会っているからである。

その倉田に、頼まれて、望月えりが、金刀比羅宮で、高田に、青酸入りの麦茶を紙コップに入れて、呑ませているということは、まあ、理解できるのだ。

その場合、倉田は、青酸が入っていることは告げず、ただ、この麦茶を、呑ませてくれと、いったのではないか。その方が、手がふるえたりして、高田に、気づかれずに、すむからである。

だが、今回は、違う。

犯人は、背後から、ロープを使って、上条あけみの首を絞めて、殺したのである。

よほど、強い意志がなければ、出来ないことである。

グループ幻影《ミラージュ》として、小田冴子から、金銭的な援助を受けていたとしても、倉田のように、冴子の恋人だったわけではない。そんな立場の望月えりが、仇討《あだう》ちのために、上条あけみの首を絞めて、殺すだろうかという疑問が、どうしても、残ってしまうのだ。

「倉田以外の三人の男の中に、小田冴子の恋人がいるんじゃありませんか?」

と、亀井が、いった。

「他の三人?」

「そうですよ。私も、警部も、倉田淳を、彼女の恋人と、決めつけていますが、彼が、消えたあとで、上条あけみが、殺されてみると、他の三人の中に、本当の恋人がいたと考えた方がいいのかも知れませんよ」

と、亀井は、いう。

「すると、丸山たちも、間違えて、倉田を誘拐したことになるね」

「そうです」

「他の三人というと、藤本と、井上、竹内の中に恋人がいることになるが、彼等が、よく集っていたバーのマスターも、倉田の名前をあげていたんだ」

「それは、カムフラージュだったのかも知れませんよ」

「カムフラージュ?」

「そうです。倉田を、本命と思わせておいて、本当は、別の男と、小田冴子は、恋人としてつき合っていたということだって、考えられますよ。冴子は、何といっても、未亡人で、宝石店の社長ですからね。恋をするにしても、慎重だったでしょうから」

と、亀井は、いった。

「丸山たちも、間違ったと思うかな？」

「多分」

「間違ったと思って、倉田を解放するといいんだが」

「それは、しないでしょう。倉田を解放すれば、彼に訴えられて、誘拐した連中が、逮捕されてしまいますから」

と、亀井は、いった。

十津川の眉《まゆ》が、くもった。

「逆に、連中は、早く、倉田を始末してしまうことだって、考えられるな」

「そうです。ただ、連中は、倉田を拷問して、小田冴子の本当の恋人が誰だったかを、聞き出そうとするかも知れません。連中にとっては、倉田を捕えておいたのに、復讐が、いぜんとして続くのは、脅威でしょうからね」

と、亀井は、いう。

「そうだね。倉田から、本当の恋人の名前を聞き出すまでは、彼は、無事かも知れないな」

と、十津川も、いった。

かすかな希望である。しかし、それも、時間は、あまりないだろうと、十津川は、思った。

「至急、やらなければならないことが、二つ出来た」

と、十津川は、いった。

「何ですか？」

「一つは、もちろん、何とかして、倉田を見つけ出すこと。もう一つは、倉田が、恋人でないのなら、連中より先に、本当の恋人を、見つけ出すこと。この二つだよ」

と、十津川は、いった。

「わかりました。全力をあげて、やりましょう」

と、亀井は、いった。

十津川は、三上刑事部長に頼んで、捜査員を増やして貰った。

捜査四課にも協力を要請した。垣内が、N組の幹部だということから、N組に、圧力をかけるためだった。

第六章　追　跡

1

倉田が、丸山たちに、誘拐されたとすれば、目的は、彼から、彼の仲間の名前を、聞き出すことだろう。

そして、丸山たちが、目をつけているのは、倉田が属している幻影《ミラージュ》の仲間に違いない。

倉田が、今、すぐ、殺される恐れはないと、十津川は、思っていた。殺すのなら、誘拐せずに、その場で、殺していたと、思うからである。

誘拐した連中は、倉田から、寺沢や、高田を殺した人間が誰かを、聞き出そうとするだろうし、今、現在、それをしている筈《はず》である。

連中の中に、暴力団員が加わっていることを考えると、倉田に加えられる拷問の激しさが想像されて、十津川は、暗澹《あんたん》とした気分になってくる。

倉田は、かなり、意志の強い男らしいが、それでも、連中の拷問には、耐えられないだろう。

喋《しゃべ》らせたあと、連中が、倉田を、解放する筈はない。とすれば、あとは、消されるだけだろう。

十津川は、やっと消息をつかんだ、倉田以外の幻影《ミラージュ》の四人に、ガードをつけることにした。それも、わからないようにである。

その指示を与えておいてから、十津川は、亀井と、もう一度、丸山に会いに、国立《くにたち》にある彼の豪邸に出かけた。

丸山は、険しい表情で、十津川たちを迎えた。

「私は、相当、辛抱強い人間ですがね。こう度々、刑事さんが、押しかけてきたのでは、営業妨害ですよ。私に、何か疑いがかかっているのなら、逮捕しなさい。逮捕できないのなら、もう、来ないで頂きたい。私の仕事は、金融です。もっとも、信用が大事な仕事です。警察に疑われていると思われたら、その大事な信用が、失われてしまいますよ」

丸山が、いっきに、まくしたてた。

「先日、いった、倉田淳のことですがね」

と、十津川は、いった。

「また、その話ですか。名前も聞いたことのない人間について、あれこれいわれても、困りますよ」

と、丸山が、いった。

「本当に知りませんか？」

「くどいですね。もし、私が、その倉田とかいう男を、この家に、監禁していると思うのなら、さっさと、家探しをしたらどうですか」

と、丸山が、いった。

その時、若い男が、二つに折った紙を持って入って来て、丸山の耳元で、何か囁《ささや》いた。前に、この邸《やしき》に来た時も、見かけた男である。

「ちょっと失礼」

と、丸山はいい、立ち上って、その男を、部屋の隅に、引っ張って行った。

男は、紙片を広げて、それを、丸山に見せている。

丸山が、顔をかたくして、何か、男に、いっている。詰問している感じだった。若い男は、しきりに、弁明しているように、見える。

丸山は、男を、部屋から追い出すと、テーブルに戻って来て、

「いろいろと、大事な仕事があるので、失礼したいんですがね」

「何か、お取り込みのようですが？」

と、十津川は、皮肉を籠《こ》めて、きいた。

丸山は、小さく肩をすくめて、

「資本金が、一部、こげついたんで、そのことで、叱《しか》りつけていただけですよ」

「本当に、それだけですか？」

「刑事さんも、くどいな。これ以上、付きまとえば、弁護士にいって、告訴しますよ」

「別に、付きまとってはいませんよ。こうして、正面から、お会いしているだけですがね。つきまとわれているというのは、被害妄想じゃありませんか」

十津川にしては、珍しく、皮肉ないい方を続けた。

丸山は、急に、ニヤッと笑って、

「私を、怒らせて、何かしようと思っても、無駄ですよ。私は、警察にあれこれいわれることは、何もしていないんだから。とにかく、もう、帰って頂きたい。急用があるんでね」

「急用というのは、どんなことですか？」

「警察には、関係のないことです」

丸山は、立ち上って、部屋を出て行った。亀井は、その後姿を見送って、

「なかなか、尻《し》っ尾《ぽ》をだしませんね」

「そうでもないよ」

と、十津川は、立ち上りながら亀井に、いった。

二人は、邸の前に出た。乗って来たパトカーのところに着いた時、邸の中から、白いベンツが走り出して来るのが、見えた。

若い男が運転し、後席に、サングラスをかけた丸山が、乗っていた。

「丸山は、お急ぎのようですね。尾行しますか？」

と、亀井が、きいた。

「必要ないよ。行先はわかってるんだ」

と、十津川は、自信を持って、いった。

亀井は、変な顔をして、

「警部は、私に、何か隠していますね？」

と、きいた。

「申しわけない。一つ、カメさんに、話してないことがあったんだ」

「何ですか？」

「さっき、若い男が、丸山に、紙を渡していただろう？」

亀井は、車をスタートさせてから、きいた。

「ええ」

「それは、FAXの用紙だ」

「それは、わかっていました」

「内容だがね。あのFAXに書かれていたのは、『倉田が、逃げた。警察に駆け込む恐れがあるから、注意しろ』という文章の筈なんだ」

と、十津川は、いった。

「じゃあ、警部が、あのFAXを、送信したんですか？」

亀井が、びっくりした顔で、きいた。

「私が、書いて、カメさんと、丸山邸に着いた頃を見はからって、西本刑事に、送信させたんだよ」

と、十津川は、いった。

「しかし、そんなことをしても、丸山たちが、電話で、監禁場所に問い合せたら、すぐ、嘘《うそ》と、わかってしまうんじゃありませんか？」

と、亀井が、いった。

「その通りさ。だから、捜査四課に、協力して貰《もら》って、N組の事務所や、垣内の自宅マンションなどを、時間を合せて、一斉に手入れして貰った。それも、徹底的にね。また、丸山が使っている私立探偵社の事務所などは、日下刑事たちに、これも、時間を合せて、訪ねて行って、訊問《じんもん》して貰った。丸山たちが、FAXのことで、問い合せても、相手は、家宅捜査を受けているんだから、そっけなく受け答えしたと思うし、受話器を通じて、がたがたしている空気が、伝わって来たと、思うね」

と、十津川は、いった。

「それで、電話では、ラチがあかないと思って、丸山は、飛び出して行ったというわけですか」

「たぶん、そうだろう」

「それなら、なおさら、丸山を尾行して、場所を、突き止める必要があるんじゃありませんか？」

と、亀井が、きいた。

「大丈夫だ。主な場所には、西本刑事たちを、張り込ませてあるから、丸山が、駈《か》けつければ、すぐわかるよ」

と、十津川は、いってから、改めて、亀井に、

「カメさんに、黙っていたことを、謝るよ。カメさんは、正直なんで、隠しごとが出来ないからね。丸山と会っているとき、彼の部下が、ＦＡＸの紙を持って来たら、カメさんは、きっと、来たぞという顔になってしまうんじゃないかと思ってね」

「かも知れませんね。前に、それで、犯人に、逃げられたことがありました。相手を、罠《わな》にかけてやって、ニヤッと笑ったんですよ。それで、気付かれて、逃げられてしまったんです」

と、亀井も、笑った。

捜査本部に、戻った頃には、西本刑事たちから、次々に、無線電話が、入ってきた。

その中で、十津川が、一番知りたいのは、丸山が、何処《どこ》へ駈けつけたかということだった。

——今、丸山の車が、垣内のマンションの前に、着きましたと、日下が、連絡してきた。

「垣内のマンションには、君と、三田村刑事が、行っているんだったね？」

——そうです。三田村は、まだ、部屋の中で、垣内の訊問を続けています
「垣内のマンションには、倉田は、監禁されていないんだろう？」

——1LDKの部屋ですからね。大の大人を、監禁するのは、無理ですよ
「丸山は、どうしている？」

——どうやら、われわれが、来ているのを気付いたらしく、マンションに入りかけたんですが、また、車に戻ってしまいました
「それで、彼の車は、動かずか？」

——動いていません。車の中で、考えている感じですが——、あっ。今、動き出しました。尾行します

2

五、六分、日下からの連絡は、途切れたが、また、無線電話が、入って、

——今、環七を、南下しています

「南下？　国立の自宅に戻るんじゃないんだな？」

——そのようですね

「行先が、わかったら、連絡してくれ」

十津川と、亀井は、関東周辺の地図を取り出してきて、机の上に、広げた。

無線連絡が入るたびに、その地図に、十津川は、印をつけていった。

丸山のベンツは、環七通りを、杉並区、世田谷区、大田区と、通り抜けて行き、第一京浜に、入った。

今度は、横浜方面に、向っている。

十津川は、他の刑事たちも、パトカーで、同じ方向に、急行させた。

丸山の車は、急に、横浜を、通過し、三浦半島に入って行った。

「三浦半島に、何かありましたかね？」

と、亀井は、地図を見ながら、呟《つぶや》いた。

「丸山の別荘かな」

と、十津川が、いった。

「そうですね。油壺《あぶらつぼ》あたりに、クルーザーでも、繋留《けいりゅう》されているんじゃありませんかね。大型のクルーザーなら、人間一人ぐらい、監禁できますよ」

と、亀井がいう。

「クルーザーか」

と、十津川は、呟いたが、

「それは、違うな！」

と、声に出して、いった。

「違いますか？」

「丸山は、自分の別荘や、クルーザーに、倉田を監禁したりはしないだろう。そもそもダーティなことを自分がやるのはいやだから、垣内や、若林に金を渡して、やらせているんだからね。倉田の誘拐も、監禁も、拷問も、全て、垣内たちに、任せているんだと思うね」

と、十津川は、いった。

「じゃあ、三浦半島にあるのは、丸山の別荘なんかではなくて、垣内や、N組の何かということですか？」

「多分ね。カメさん、捜査四課に問い合せてみてくれ」

と、十津川は、いった。

亀井が、捜査四課に電話を入れて、問い合せていたが、受話器を置くと、

「わかりましたよ」

と、眼を輝かせて、十津川に、いった。

「それで？」

「N組は、取締りへの対策として、政治団体を、作っていますが、その団体の道場が、葉山にあるそうです」

「葉山か」

「丸山は、そこへ向っているんだと思いますね」

「尾行している日下たちにも、知らせてやろう」

と、十津川は、いった。

丸山の車は、三浦半島の西海岸に出て、一色《いっしき》海岸を通り、長者ケ崎に近づいて行く。

捜査四課から、葉山にある政治結社Nの修養道場の見取図と、写真が、FAXで、送られてきた。

建物は、海岸にあり、桟橋には、モーター・ボートが、繋《つな》がれている。

二階建の建物には、常時、五、六人の人間が、常駐している。この他、ジープが二台、駐《と》めてあることが多い。

神奈川県警が、一度、拳銃《けんじゅう》隠匿容疑で、捜査したことがあるが、その時、拳銃は、見つからなかった、という。

丸山は、どうやら、その道場に、向っているようだった。

3

夏のシーズンには、まだ間があるせいで、海水浴客の姿はない。

ただ気の早いサーファーたちは、ウェット・スーツ姿で、いい波を求めて、五、六人が、波間に、浮んでいる。

覆面パトカーで、追跡してきた日下たちは、丸山のベンツが、葉山の海岸にある「N政治本部修養道場」の看板の建物に、とまるのが、見えた。

捜査本部の十津川が、無線電話で、知らせてきた通りだった。

丸山の車は、その建物の横にある駐車場に、入り、丸山が降りて来て、中に入って行った。

三田村たちの車も、追いついて来た。

「倉田淳が、あの建物の中に、監禁されている可能性が、強いよ」

と、日下が、指さして、いった。

「入ってみよう」

と、三田村が、いった。

日下、三田村、それに、西本と、北条早苗の四人が、車から降り、建物の方に、近づいて行った。

三田村と、北条早苗の二人が、裏口に廻《まわ》る。木製の細い桟橋が伸び、桟橋の先端に、白いモーター・ボートが、見えた。

西本と、日下が、正面から、インターホンを、鳴らした。

柔道着姿の若い男が、出て来た。丁寧に、一礼してから、

「ご用件を伺いましょうか?」

と、きく。

西本は、警察手帳を示して、

「道場の中を、見せて欲しい」

「理由は?」

と、男が、きいた。

「倉田淳という男の監禁容疑です」

日下がいうと、男は、ニヤッと笑った。

「監禁？　バカバカしい。ここは、若者が、心身の鍛錬をするところです。神聖な道場です。人間を、監禁する場所じゃない」

「しかし、ここで、倉田淳を監禁しているという証言があるんですよ」

「捜査令状を、お持ちですか？」

「必要なら、取り寄せますよ。但《ただ》し、その間、われわれは、この道場を、監視する。出入りする人間は、全部、チェックします。それでも、構いませんか。今、この道場に入って行った丸山社長も、出てくれば、訊問しますよ」

と、西本が、脅すように、いった。

今まで、落ち着き払っていた男が、西本の、その言葉で、急に、あわてた顔になり、

「私の一存では決められないので、待っていて下さい」

と、いって、奥へ消えた。

そのまま、なかなか、出て来ない。

西本は、腕時計に、眼をやって、

「あと五分待っても、反応がない場合は、踏み込もう、責任は、おれが、持つよ」

「いや、責任は、おれが持つ」

と、日下が、負けずに、いい返した時、やっと、さっきの男が、出て来た。

「どうぞ、おあがり下さい」

と、いう。

西本と、日下は、黙って、靴を脱いで、あがり、トランシーバーで、裏口に廻った三田村と、早苗に、連絡した。

「これから、道場内を、捜索する。君たちは、裏口から、逃げ出す者がいないかどうか、見ていてくれ」

まず、通されたのは、奥の柔道場だった。

「誠」と、大きく書かれた額が、かかり、同じように、柔道着姿の男が三人、座っていた。

「今日は、何人、ここに、いるんですか？」

と、日下が、きいた。

「塾頭は、留守で、われわれが、四人だけです」

「他に、丸山社長ですね？」

「ええ」

「丸山社長は、この道場とは、どんな関係ですか？」

「われわれの良き理解者です」

「だから、丸山社長のためなら、どんなことでもするということですか？」

と、西本が、きくと、相手は、黙ってしまった。

「道場内を、勝手に、調べさせて貰《もら》いますよ。構いませんね？」

日下が、宣告するように、いった。

「どうぞ、自由に、調べて下さい」

男は、意外に、あっさり、いった。

（倉田は、ここには、いないのだろうか？）

と、西本は、思いながら、日下と、まず、階下から、調べることにした。

柔道場を取り囲むように、事務室、食堂、五、六人が一緒に入れる感じの風呂場《ふろば》などが、ある。

二人は、その一つ一つを、調べた。

広い庭もあって、池の傍《そば》に、丸山が、屈《かが》み込んで魚を眺めている。西本たちと、ふと、眼が合ったが、すぐ、顔をそむけてしまった。

一階では、倉田は、見つからなかった。二人は、二階へ、あがった。

二階は、和室が多く、若者たちが、ここで、寝泊りするのだろう。

障子、襖《ふすま》を、全て、開け放ち、押入れも、次々に、開けて、西本と、日下は、調べていった。

全部の部屋を、調べ終ったが、倉田は、見つからなかったし、彼が、ここで、監禁されていた形跡も、発見できなかった。

「いないな」

と、西本は、二階の窓から、海に眼をやった。

「しかし、丸山が、あわてて、やって来たところを見ると、ここに、監禁されていたに違いないと、思うんだがね」

と、日下は、いった。

「丸山のベンツだが、自動車電話がついているだろうね」

西本が、いった。

「そりゃあ、ついているだろう。金融会社の社長なら、車の中も、事務室に違いないからね」

「それでは、ここに来る途中、電話を、ここにかけた可能性があるな」

「ひょっとすると、倉田を始末しろと、命じたかも知れないぞ」

と、日下が、険しい眼つきになって、いった。

「殺して、あのモーター・ボートで、沖へ運んで、沈めやがったか」

と、西本は、桟橋の先のモーター・ボートを、睨《にら》んだ。

二人は、急に、階段を駈《か》けおり、外に出ると、三田村と、早苗にも、連絡をとって、桟橋に向って、走った。

モーター・ボートのところまで、息をはずませて走り、キャビンの中を、のぞき込んだ。

オープンのキャビンで、せいぜい、三、四人しか乗れない狭さだった。もちろん、トイレも、シャワーもなく、人間を一人、監禁しておけるとは、思えなかった。

だが、死体を、運ぶことは、出来るだろう。

西本と、日下が、ボートに飛び移り、キャビンに、もぐり込んで、仔細《しさい》に、調べた。

ついさっき、死体をのせて、沖へ運んだとすれば、何か、その痕跡《こんせき》が、残っているのではないかと、思ったのだ。

一番、欲しいのは、血痕だが、それらしきものは、見つからなかった。

「県警に頼んで、このボートを、徹底的に、調べて貰おう」

と、西本が、いった。

「おれが、連絡する」

と、日下は、いい、パトカーのところへ、戻って行った。

車の無線電話を使って、十津川に、連絡を取った。

「現在、葉山の例の修養道場にいます。残念ながら、倉田は、見つかりませんでしたが、われわれが着く前に、モーター・ボートで、何処《どこ》かに移された可能性があります。そこで、神奈川県警に、このボートを詳しく、調べて欲しいので、そちらから、要請してくれませんか」

「可能性は、どのくらいだ？」

と、十津川が、きく。

「五十パーセントだと思います」

「それなら、私の方から、頼んでみよう。県警の鑑識に、頼めばいいんだな？」

「お願いします」

「丸山社長は、まだ、そこか？」

「心配そうに、われわれの動きを、窺《うかが》っています」

「道場も、調べたんだな？」

「四人で調べましたが、倉田が監禁されていた形跡は、見つかりませんでした。丸山社長が、多分、車の中から、連絡し、道場内を、きれいにしてしまったんだと思います」

「モーター・ボートにまでは、手が廻らなかったんじゃないか？　君は、見ているわけか？」

「モーター・ボートで、倉田を移したとすればですが」

「それなら、君たちは、そのボートを、確保しておけよ。県警の鑑識が、着くまでだ」

「そのつもりです」

と、日下は、いった。

日下が、電話をすませて、桟橋に戻ると、西本と、修養道場の人間たちとが、もめていた。

道場の人間が、これから、モーター・ボートを使うというのである。

「あと、二十四時間、このボートを、動かすことは、許可できない」

と、西本が、拒否している。

「そんな権利は、ないだろう?」

と、道場の人間たちが、食ってかかる。

「われわれは、誘拐事件を捜査してるんだ。このモーター・ボートには、誘拐に使用された疑いがある。従って、捜査を終るまでは、動かすことは、禁止する」

「警察横暴だ。抗議する」

「それなら、正式な手続きを踏んで、抗議してくれ。それまでは、このモーター・ボートは、われわれが、確保する」

と、西本は、相手を、押し返した。

道場の人間たちが、実力行動に出なかったのは、そこまですると、かえって、不利になると、思ったからだろう。

その内に、神奈川県警の鑑識が、到着した。

彼等が、モーター・ボートの写真を撮り、船内を調べ、指紋の採取などに当っている間、西本たちは、周辺の海の家や、リゾートホテルなどに、聞き込みに、廻った。

修養道場の評判を聞くためだった。

その間に、丸山は、いつの間にか、姿を消してしまった。

修養道場の評判は、奇妙に、二つに分れた。

「よく、怖い顔をした若い人たちが集っていて、気味が悪い」

という人もいるかと思うと、

「みんな礼儀正しい連中で、会えば、きちんと、あいさつをしますよ」

と、いう人もいた。

西本は、その両方が、本当なのだろうと思った。暴力団のN組が、警察の追及をのがれるために作った政治結社である。道場の壁には、日本の政治を糺《ただ》すことを目的とすると、書かれているが、どうしても、暴力団の地が出てしまう。そんな時、悪い印象を与えるのだろう。

だが、それでも、若者の中には、日本の政治を本当に糺すのだという気持が、わいてきていて、その場合は、良い印象を与えるに違いないと、思ったからである。

県警の調査は、二時間ほどで終った。

本来なら、その結果が出るまで、モーター・ボートは、確保しておきたいのだが、令状がなくては、そこまでは、不可能だった。

西本たちは、結果は、東京に戻って待つことにして、引きあげることにした。

4

県警からの報告は、明日の午後ということになって、十津川は、急に、不安に襲われた。

「時間が、かかりすぎるからですか？」

と、亀井が、きいた。

「いや、そのくらいの時間は、かかるだろうと思っていたし、大事なことだから、時間をかけて、慎重にやって貰いたいと、思っているよ」

と、十津川は、いった。

「では、何が、心配なんですか？」

「向うの動きさ。連中は、寺沢や、高田を殺されて、あわてて、犯人を探した。そして幻影《ミラージュ》の倉田を誘拐した。連中にしてみたら、倉田を拷問してでも、犯人を聞き出して、皆殺しにするつもりだったんだろうね。そうなれば、もう安心できると、思ってただろうね。ところが、われわれも、やっと、連中を、追いつめることが出来た。こうなると、連中にとって、倉田を誘拐したことが、マイナスになってきていると、思うんだよ。何とかして、誘拐したという証拠を、消そうとするに違いない。モーター・ボートの調査で、何か見つけられる前にだよ」

と、十津川は、いった。

「倉田を始末して、誘拐の証拠を、消してしまおうとするということですか？」

「それもあるし、一刻も早く、倉田から、本当の犯人、つまり、本当の小田冴子の恋人を、聞き出すこと、その人間も、消してしまおうとするだろうということだ」

と、十津川は、いった。

「われわれも、一刻も早く、小田冴子の恋人を見つけ出したいと、思っているんですがね。幻影《ミラージュ》の連中が、ぜんぜん、協力的でないんですから。腹が、立ってきます」

と、亀井が、舌打ちをした。

十津川は、笑って、

「それは、無理もないのさ。小田冴子の本当の恋人は、即、寺沢や高田たちを殺した容疑者だからね。警察に逮捕されるとわかっているから、われわれに、教えないんだよ」

と、いった。

「丸山たちは、警部のいわれるように、誘拐の証拠を消そうとして、倉田を殺す。それ以外に、何をやると、お考えですか？」

と、亀井が、きいた。

「今もいったように、丸山にしてみたら、今後も、自分の命を狙《ねら》いそうな人間は、全て、消してしまいたいだろうからね。倉田から聞き出して、本当の、小田冴子の恋人を殺すか、或《あ》いは、恋人らしい人間を、殺してしまうか、どちらにしろ、丸山は、追いつめられて、焦っている筈《はず》だ」

と、十津川は、いった。

「幻影《ミラージュ》の連中には、一応、ガードをつけていますが」

と、亀井は、いった。

「しかし、表立っての、ガードは、出来ないからね」

「そうなんです。あの四人は、小田冴子の恋人について、自分たちじゃないみたいなことをいっていますからね。否定する人間を、拘束は、出来ませんし、表立って、刑事を貼《は》りつけて、守ることも出来ません」

と、亀井は、いった。

「しかし、カメさんだって、幻影《ミラージュ》グループの四人の中に、小田冴子の恋人がいると、思っているんだろう?」

「ええ。他に、小田冴子と親しかった人間は、見つかりませんから」

と、亀井は、いった。

「倉田でないとすると、他の男ということだな。藤本、井上、竹内の三人の住所と、電話番号は、わかっているね?」

「わかっています」

「電話をかけてみてくれ」

と、十津川は、いった。

亀井は、手帳を取り出し、それを見ながら、三人に、かけて、いった。

「竹内と、井上は、電話に出ましたが、藤本は、話し中で、かかりません」

と、亀井は、報告した。

「話し中？」

「もう一度、かけてみます」

亀井は、電話機を引き寄せて、ナンバーを、プッシュした。

「まだ、話し中ですね」

「嫌な予感がしてきたな」

と、十津川は、いった。

五分待って、今度は、十津川が、かけてみたが、いぜんとして、話し中だった。

「心配だ。カメさん。行ってみよう」

と、十津川は、いった。

二人は、藤本宏の住んでいるマンションに、パトカーを、飛ばした。

藤本は、中央線の武蔵境《むさしさかい》近くのマンションに、ひとりで、住んでいた。今の仕事は、新宿の劇場で、フロアマネージャーをやっていると、聞いていた。

すでに、夜の十一時を回っている。藤本のマンションの近くまで来ると、見張りをして

いた刑事が、近づいて来て、

「藤本の部屋には、まだ、灯がついています」

と、十津川に、いった。

「彼は、いつ、帰宅したんだ？」

「午後八時十六分です」

「それは、間違いないんだな？」

「間違いありません」

「その後、異常は？」

「ここから見ている限り、異常は、ありません。中に入って、見張ればいいんですが、それをすると、藤本が、嫌がって、抗議しますので」

「わかった。君は、ここにいてくれ」

と、十津川は、その刑事にいい、亀井と、マンションの中に入って行った。

藤本の部屋は、六階の六〇一号室である。

二人は、エレベーターで、あがって行った。六階の、とっつきの部屋が、六〇一号室である。

部屋に、藤本の表札は、出ていない。

亀井が、インターホンを鳴らした。が、応答はなかった。

ドアには、カギが、かかっている。十津川が、ドアを強く叩《たた》いてみたが、同じだった。

亀井が、一階まで降りて行ったが、管理人は、すでに帰ってしまっていて、管理室の明りが、消えている。

二人は、ドアのカギを叩きこわして、中に入ることにした。車から、スパナを持って来て、ドアのカギをこわした。

ドアを開けて、二人は、部屋に、飛び込んだ。

電話が、ピー・ピーと、鳴っている。受話器が、外れているので、それを知らせているのだ。

1DKの狭い部屋だった。

六畳の部屋には、人の姿はなかった。

十津川は、バスルームのドアを開けて、明りをつけた。

そこに、藤本が、倒れていた。

5

藤本は、俯《うつぶ》せに倒れ、Tシャツだけの背中から、血を流して、死んでいた。

浴槽には、湯が張られ、藤本が、パンツに、Tシャツという恰好《かっこう》で、死んでいるところをみると、湯に入るつもりでいるところを、襲われたのかも知れない。

浴槽に手を入れてみると、すっかり、さめてしまっている。

血も、すでに、止まっていて、赤黒く変色しているから、かなり前に、殺されたとみていいだろう。

十津川は、すぐ、鑑識を呼んで、室内の写真を撮らせ、指紋も、採取させたが、ドアの部分や、バスルームの入口などは、指紋を拭《ふ》き取った痕《あと》が、あるということだった。

藤本が、バスルームで殺されていたということは、そこまで逃げたが、背中から、刺されたと見ていいのではないか。

犯人は、藤本を刺殺したあと、指紋を拭き取り、カギを使って、ドアを閉めて、逃げたと思われる。

凶器のナイフは、見つからないから、犯人が、持ち去ったのだろう。

「犯人は、落ち着いた人間ですね」

と、亀井は、いった。

「なぜ、そう思うんだ？」

と、十津川は、きいた。

「ナイフには、血が、べったりついていた筈です。それを、そのまま、持ち去るというのは、考えられませんから、バスルームで、洗ったと思います。それも浴槽の中でではなく、流しでです。もう一つ、室内が、きちんとしています」

「ああ、そうだな」

「しかし、藤本は、男だし、バスルームまで逃げているんですから、抵抗はしたと思うんです。ものを、投げつけたりした筈なんですが、部屋にそんな形跡はありません」

「犯人が、落ち着いて、片付けてから、逃げたということか」

「そう思いますね。もう一つ、電話があります。多分、藤本が、電話に出ないと、疑いを持つ人間がいると思って、わざと、受話器を外しておいたんですよ。話し中と、思わせるためにです」

「誰かと電話中に、襲われて、受話器を放り出して、藤本が、バスルームへ逃げ、そこで、刺殺されたということも、あり得るんじゃないかね？」

「それは、ないと思います。藤本が、話し中に襲われたのなら、話し相手が、不審に思い、不安になって、一一〇番していると、思いますから」

　と、亀井は、いった。

「さすがに、カメさんだよ」

　十津川が、賞《ほ》めると、亀井は、照れて、頭をかいてから、

「ただ、どうやって、犯人が部屋に入ったかわかりません。仲間の倉田が誘拐されていますから、藤本は、用心して、めったなことでは、人を、中に入れないと思うんですが」

「それは、簡単だよ、犯人は、カギを持っていたんだ」

と、十津川は、いった。

「なぜ、犯人は、カギを？」

「藤本は、昼は、新宿の劇場で、働いている。当然、その間はガードする刑事も、新宿の劇場へ行っている。犯人は、昼間、ここにやって来て、鍵穴《かぎあな》に、ガムでも押し込んで型をとり、それで、カギを、作っておいたんだと思うね」

と、十津川は、いった。

「しかし、ガードを命じておいた刑事は、何をしていたんですかね。いくら、マンションの中に入れなかったからといっても、みすみす、殺されてしまうなんて」

と、亀井が、腹立たしげに、いった。

「確かに、まずかったが、犯人は、すぐ、わかるよ」

と、十津川は、いった。

「そりゃあ、丸山に頼まれて、垣内か、彼の部下が、殺したのだろうと、想像は、つきますが」

「いや、見張りの刑事に、藤本が、部屋にいる時、このマンションに出入りする人間は、全て、写真に、撮っておけと、指示しておいたんだ。入口は、明りがついているし、望遠レンズを使えといっておいたから、犯人の顔も、写っている筈だよ」

と、十津川は、いった。

6

夜が明けた。

(今日が、勝負だな)

と、十津川は、思った。多分、丸山たちも、そう思っているだろう。

まず、藤本のマンションを、監視していた刑事の撮った写真の現像、焼付けだった。

午後八時十六分に、藤本が、帰宅してから、十津川たちが着くまでの間に、マンションに出入りした全ての人間の写真が、撮ってあった。

全部で、十八枚の写真だった。

それを、机の上に並べて、十津川は、亀井を、見ていった。

「入るところだけ写っていて、出て来るところがないのは、このマンションの住人と、見ていいだろう」

それは、管理人に聞いて、確認することにした。

問題は、出るところが写っている人間だった。

入るところと、出るところを、両方撮られているのが、二人。出るところだけ写っているのが一人だった。

この三人とも、十津川や、亀井の知らない人間だった。垣内でもなく、若林でもなかった。

出入りしたのは、男と、女で、男は、二十一、二歳のサラリーマン風だった。

女は、三十歳前後だろう。

出て行くところだけを写されているのは、三十五、六歳の男だった。

十津川は、その十八枚の写真を、西本に持たせて、管理人に、聞いてくるように、いった。マンションの住人かどうか、確認するためだった。

西本が、聞きに行っている間に、司法解剖の結果が出た。

死因は、出血死だったが、十津川が、知りたかったのは、死亡推定時刻だったが、これは、昨夜の午後九時から、十時の間と、わかった。

西本が、帰って来たのは、二時間ほどしてからだった。

「全部、管理人に見て貰《もら》い、マンションの住人にも、確認しました」

と、西本は、いい、十八枚を一枚ずつ、説明していった。

「入るところだけが写っている人物、十三人は、警部の考えられた通り、全て、マンションの住人でした。名前も調べました。出て行くところだけ写っている男ですが、彼も、マンションの住人で、サラリーマンです。昨日は、午後七時頃、会社から帰って、テレビを見ていたが、九時半頃になって、飲みたくなり、駅前のバーに行って、十一時過ぎまで、飲んでいたといっています。このバーは、実在しています。また、入るところと出るところが写っている男女ですが、男の方は、あのマンションの四〇二号室の学生の友人です。R大学の学生です。女の方は、新宿のクラブのホステスでした。あのマンションの七〇五号室に、同じクラブで働いているホステスがいまして、二日続けて、無断欠勤したので、クラブのマネージャーに、ちょっと、見て来てくれといわれ、寄ったんだそうで、これも、証言が、とれました」

「すると、犯人らしい人間が、このマンションに、出入りしてないことに、なっちゃうじゃないか」

十津川は、首をかしげてしまった。

「裏口から、犯人が、出入りしたということはありませんか？」

と、北条早苗が、きく。

「あのマンションに、裏口はないんだ」

と、十津川は、いった。

夕方になって、神奈川県警から、鑑識の報告が届いたが、こちらの方は、予期したものが、含まれていて、十津川を、喜ばせた。

問題のモーター・ボートのキャビンの床から、微量だが、血痕《けっこん》が検出されたというのである。

その血液型は、ＡＢで、倉田のものと、一致した。

修養道場の人間に質問すれば、自分たちが乗ったとき、その中の一人が怪我《けが》をして、血が、出たのだと、答えるだろうが、十津川は、この血は、倉田のものに違いないと、確信した。

十津川は、西本と日下の二人を、葉山に向わせたが、

「道場が、閉鎖されています」

と、連絡してきた。

「モーター・ボートは、どうなっている？」

と、十津川は、きいた。

「桟橋に、ありません」

と、西本は、いった。

（やられたな）

と、十津川は、思ったが、それほど、がっかりもしなかった。考えようによっては、葉山の道場に、倉田が、監禁されていたからこそ、向うが、先手を打って、姿を消し、モーター・ボートも、処分してしまったと、考えられるからだった。

向うも、必死なのだ。

危険を冒して、藤本宏を殺したのも、連中の焦りということも、出来る。

十津川が、それをいうと、亀井は、

「しかし、犯人らしき人間は、カメラに、写っていませんが」

と、いった。

「それを調べるために、一緒に、あのマンションに、行って欲しいね」

と、十津川は、いった。

武蔵境に向うパトカーの中で、十津川は、

「昨夜の八時十六分から、われわれが死体を発見するまで、犯人が、カメラに写っていなかったということは、犯人が、八時十六分より前に、あのマンションに入っていたことであり、出て行ったのも、ずっと、後になってからだということだよ」

と、亀井に、いった。

「しかし、警部、われわれは、死体を発見したあと、あのマンションを調べています。犯人が、マンションの廊下や、屋上に隠れていたという形跡は、ありませんでしたよ。それに、犯人が、あのマンションに、隠れて、藤本が帰宅するのを待っていたというのも、ちょっと、納得がいきませんね。藤本が、何時に帰ってくるのか、わからないわけで、長い時間、廊下などに、隠れていたら、怪しまれますよ」

「廊下なんかで、待っていたらね」

と、十津川は、いった。

「じゃあ、何処《どこ》でですか？」

「もちろん、部屋の中でさ」

と、十津川は、いった。

マンションに着くと、十津川は、管理人に、

「ごく最近、ここに、引越して来た人間がいると思うんだが」

と、いった。

「ああ、四〇六号室の浅井さんが、五日前に、越して来ましたよ」

と、管理人は、いった。

「どういう人かな？」

「池袋のスナックか、バーで働いている人だと、いっていましたよ。浅井ゆきという三十歳くらいの人です」

「今日、見かけたかね？」

「さあ。あの人は、越して来たときは、あいさつに来られたんですが、その後、ほとんど、お顔を見てないんですよ」

「多分、もういないと思うね」

と、十津川は、いった。

「でも、二年契約で、お借りになったんですよ」

「ひとりで、住むことになっていたの？」

「ええ。その契約でした」

「一緒に、四〇六号室に行って、もしカギがかかっていたら、開けて貰いたいんだ」

「でも、そんなことをしたら、訴えられますよ」

「私が、責任持つよ」

と、十津川は、いった。

それでも、管理人は、ためらっていたが、十津川が、強くいい、四階に、あがった。

四〇六号室は、やはりドアが閉まり、インターホンを鳴らしても、返事は、なかった。

管理人に開けさせて、十津川と、亀井は、中に入った。

ここも、1DKの小さな部屋である。

殆《ほとん》ど、何もない部屋だった。押入れに、布団だけは入っていたが、その他、女の部屋らしいものは、見当らない。

洋服ダンスもなければ、テレビもなかった。いかにも、仮の住居という感じなのだ。

「藤本を殺すためにだけ、借りたんだな」

と、十津川は、がらんとした室内を見廻《みまわ》した。

「女に、借りさせて、犯人は、ここに隠れて、チャンスを待っていたわけですか？」

と、亀井が、いう。

「他に、考えようがないよ。連中は、小田冴子の恋人が、どうやら、幻影《ミラージュ》グループの中にいるらしいと、わかった時、このマンションに、知り合いの女を、住まわせることにしたんだろう。藤本が、グループのリーダーだったので、彼を、小田冴子の恋人と、思ったのかも知れない。その後、恋人は、倉田らしいというので、彼を誘拐したということじゃないかな」

「誘拐した倉田を拷問したところ、彼が、藤本だといったので、この部屋の女を利用して、藤本を、殺したんでしょうか？」

「そんなことだと思うね」

「しかし、この部屋を借りた浅井ゆきの居所がわからないと、見つけ出せませんね」

「部屋を借りる時は、住民票が、必要だよ。それから、女の行先に、辿《たど》りつけるかも知れない」

と、十津川はいった。

管理人に、浅井ゆきが、賃貸契約した時の住民票を、見せて、貰った。

浅井ゆきは、本名で、前の住所は、巣鴨《すがも》のマンションになっていた。

「行ってみよう」

と、十津川は、いい、パトカーで、巣鴨の前の住所へ、廻ってみることにした。

確かに、そのマンションは、実在した。

ここでも、まず、管理人に会って、浅井ゆきのことを、聞いてみた。

「浅井さんなら、今も、住んでいらっしゃいますよ」

と、管理人は、いった。

「住んでる？」

「ええ。ここ何日間は、見かけませんがね」

「ホステスだと聞いたんだが、そうかね？」

と、亀井が、きいた。

「ええ。池袋のお店だと、聞きましたよ」

「ここには、いつ頃から、住んでるの？」

と、十津川は、きいた。

「一年半くらいですかね」

「今日も、いるかな？」

「さあ、どうですかね。行ってみましょうか」

と、管理人は、気軽くいい、先に立って、五階まで、十津川たちを、案内してくれた。

五〇三号室に、「浅井ゆき」と書いた小さな紙が、貼《は》りつけてあった。

管理人は、インターホンに向って、「浅井さん。管理人ですが、いらっしゃいますか？」

と、呼びかけていたが、

「留守のようですね」

「カギを開けて下さい」

と、十津川は、いった。

「しかし、無断で、開けるというのは――」

「殺人事件の容疑者なんだよ」

と、亀井が、脅かした。

「本当ですか？」

と、管理人は、顔色を変えた。

「ああ、本当だ」

と、十津川も、いった。

管理人は、あわてて、カギを取り出した。

ドアが開くと、二人は、部屋に入った。2DKの部屋は、武蔵境のマンションとは、大きく違っていた。

こちらの部屋には、生活の匂《にお》いがする。洒落《しゃれ》たベッドが置かれ、洋服ダンスを開けると、豊かな色どりの洋服が、並んでいる。

テレビも、ビデオも置かれ、三面鏡の上には、化粧品が、ずらりと、並べてあった。

アルバムが見つかったので、それを、十津川と亀井は、ページを繰っていった。

浅井ゆきが、女友だちと、写っているものもあれば、男と一緒の写真もある。

「この男！」

と、急に、亀井が、大きな声を出した。

見覚えのある男が、彼女と一緒に、写っているのだ。

その男の顔は、垣内だった。二人とも浴衣《ゆかた》に、丹前《たんぜん》という恰好《かっこう》でいるところをみると、温泉にでも行った時のものだろう。

（見つけたぞ）

と、十津川は、思った。

これで、推理の正しさが、証明されたと、思った。

垣内は、知り合いの女に、武蔵境のマンションを借りさせておき、昨日、藤本宏を、刺殺したのだ。

その報酬として、彼は、丸山から、大金を受け取ったに違いない。

「垣内に会って、その写真を、突きつけてやりますか」

と、亀井が、いった。

「それもいいが、その前に、浅井ゆきという女を、見つけたいね。彼女が、垣内に頼まれて、武蔵境のマンションを借りたと証言してくれれば、垣内を、藤本殺しの重要参考人として、引っ張ることが出来るからね」

と、十津川は、いった。

「彼女が、殺されてしまったということは、考えられませんか？」

「連中は、そんなには、人殺しはしないと、思っている。人間一人、殺すために、もう一人殺すというのでは、連中にとっても、大きな負担になる筈だからね」

と、十津川は、いった。

「すると、ここから、どこかへ連れて行っただけですかね？」

「彼女が、命取りになると、思うまでは、殺さないと、思うよ。だから、垣内に会って、写真を見せて、彼女が、危険になるのが、怖いんだ」

と、十津川は、いった。

「しかし、どうやって、彼女を、見つけ出しますか？」

「そうだな」

と、十津川は、考え込んだ。

この写真を、焼き捨てなかったところをみると、垣内は、まだ、捜査が、浅井ゆきに注目していないと、考えているのだろう。まんまと、藤本宏を、殺すことが出来たので、十津川たちを、甘く見ているのかも知れない。

「この旅館が、何処の何という旅館か、わからないかな？」

と、十津川は、いった。

第七章　恋人への唄《うた》

1

「丹前に、旅館の名前が、入っていますよ」

亀井は、二人の写っている写真に、眼を近づけるようにしていった。

なるほど、垣内と、浅井ゆきの着ている丹前は「水木旅館」という字が読める。

「観光協会に、問い合せてみましょう」

と、亀井はいい、部屋の電話を使って、問い合せていたが、

「鬼怒川《きぬがわ》温泉だそうです」

「日光の近くの？」

「そうです」

「行ってみるかな？　カメさん」

「浅井ゆきが、そこにいると、思われますか？」

「五分五分だよ。彼女が、この写真を、とっておいたところをみると、彼女にとって、好ましい思い出なんだろう。そういう場所なら、垣内は、連れて行き易《やす》い筈《はず》だよ」

と、十津川は、いった。

「わかりました。行ってみましょう」

と、亀井は、すぐ、応じた。

十津川は、捜査本部に連絡しておいて、亀井と、そのまま、東武浅草に向った。

鬼怒川温泉まで、東武鉄道の特急で、二時間足らずで行ける。

鬼怒川の温泉街は、鬼怒川に沿って、細長く伸びている。東武鉄道「鬼怒川線」の鬼怒川温泉駅から、次の鬼怒川公園駅までの間に、五十軒の旅館、ホテルが、点在しているといってもいい。

十津川と、亀井は、鬼怒川温泉駅でおり、水木旅館の場所を聞き、近くと知って、歩いて行くことにした。

ここから、鬼怒川ライン下り（約六キロの急流下り）の船が出ている。問題の旅館は、この乗船場の近くにあった。

十津川は、亀井を、旅館の前に、待たせておいて、ひとりで、中に入って行った。もし、浅井ゆきが、ここに泊っていて、あわてて逃げ出した時、亀井に、逮捕させるためだった。

水木旅館は、温泉地によくある旅館形式のホテルで、鉄筋七階建、広いロビーがあり、フロントには、三人の従業員がいた。

十津川は、フロント係に、警察手帳を示し、浅井ゆきが、垣内と一緒に写っている写真を見せた。

「この二人が、泊っていませんか？」

と、きくと、フロント係は、あっさりと、

「女の方は、泊っていらっしゃいます」

「何号室ですか？」

「六〇六号室ですが、今は、外出していらっしゃいます」

と、フロント係は、いう。

「外出？　誰かが来て、一緒に出て行ったということですか？」

「いえ。電話がありまして、そのあと、急に外出なさったんです」

「電話の相手は？」

「お名前は、おっしゃいませんでしたが、男の声でした」

「彼女が、何処《どこ》へ行ったかわからないのか？」

十津川は、次第に不安になって来て、声の調子も、詰問調になった。

フロント係も、怯《おび》えたような表情になって、

「あのお客さんが、何か？」

と、きいた。

「行先は？」

「多分、くろがね橋だと思いますが。外出される時、くろがね橋の場所を聞いておられましたから」

と、フロント係は、いう。

「外出した時刻は？」

「今から、一時間ほど前です」

「くそっ」

と、十津川は、舌打ちした。

呼び出したのは、多分、垣内だろう。とすれば消される危険がある。

十津川は、地図を貰《もら》うと、それを手に、ホテルを、飛び出した。

亀井と一緒に、くろがね橋に向った。一時間もたっていても、とにかく、そこへ行ってみるより仕方がない。

鬼怒川沿いに、上流に向って歩くと、問題のくろがね橋に着く。

鬼怒川温泉では、一番賑《にぎ》やかなところだった。二人は、橋を渡って、反対側の、土産物店などが集っている場所へ行き、店の人たちに、彼女の顔立ちを説明して、見なかったかどうかを、聞いてみた。

観光客が、よく行くという喫茶店にも、顔をのぞかせて、同じように聞いてみたが、彼女の目撃者は、見つからなかった。

ホテルに電話して、戻っていないかと聞いたが、返ってきた答は、帰っていないというものだった。

「犯人に、この、くろがね橋から、連れ去られたんだと思いますね」

と、亀井は、いった。

十津川も、そう考えざるを得なくなった。犯人は、車で、ここにやって来て、彼女を、その車に乗せて、連れ去ったのだろう。

「もう、鬼怒川には、いないと思わざるを得ないな」

と、十津川は、口惜《くや》しそうに、いった。先を越されたのだ。

「犯人は、彼女を殺しますね」

と、亀井は、断定的に、いった。

「口封じか」

「そうです。彼女は、連中にとって、もう、役目がすんで、利用価値がなくなったんです。その上、警察が眼をつけたとなると、邪魔で、危険な存在でしかなくなったわけです。そうなれば、口封じに、消すより仕方がないと、考えたんじゃありませんか」

「何とか、生きている中《うち》に、助け出したいが」
と、十津川は、口の中で、呟《つぶや》いた。
「とにかく、彼女を、見つけましょう」
と、亀井は、いった。

2

十津川は、県警に、協力を要請した。二人だけで、見つけ出すのは、無理と判断したからである。

県警が、パトカーを何台か出して、鬼怒川温泉の周辺を、探してくれることになった。

十津川と、亀井も、その一台に乗り込んで、浅井ゆきと、垣内を探した。

だが、浅井ゆきも、垣内も、なかなか、見つからない。

見つからないのも、当然だという気もした。浅井ゆきが、外出したのを知ったのは、一時間後だったし、まだ、鬼怒川周辺にいるという保証は全くなかったからである。

それどころか、垣内が連れ出したのなら、車で、すでに遠くへ、行ってしまったと考えるのが、自然だった。

陽が暮れても、二人は見つからなかった。ますます、彼等が、鬼怒川の外へ出てしまった可能性が強くなってきた。

その日、二人は、鬼怒川温泉に泊ったが、翌朝になって、県警から、鬼怒川の下流で、若い女の死体が発見されたと知らされた。

（やはり、駄目だったか）

と、十津川は、歯がみをしながら、亀井と、県警のパトカーで、現場に、急行した。

場所は、鬼怒川ライン下りの終点近くだった。

川岸に、俯《うつぶ》せに、半分、沈んでいるところを発見されたということだった。

近くで、ハンドバッグが見つかり、その中から、運転免許証が発見され、浅井ゆきと、確認された。

県警の検死官が、死体を調べていたが、

「死因は、溺死《できし》だね。ただ、舌を噛《か》んでいる。よほど、苦しかったんだろうな」

といった。

「つまり、自殺ではないということですね？」

県警の刑事の一人がきくと、検死官は、

「あんな浅いところで、自殺は出来ないよ。多分、顔を、水の中に突っ込まれて、無理矢理、水を呑《の》まされたんだろう」

と、いった。

垣内は、自殺か、事故死に見せかけて、殺そうとしたのだろうが、それが、うまくいかなかったに違いない。

溺死させ、死体を、川に流したかったのに、人の気配でもして、あわてて、逃げたのかも知れない。

いずれにしろ、浅井ゆきは、口を封じられてしまったのだ。

「垣内は、東京に逃げましたかね？」

亀井が、死体を見やりながら、いった。

「もう、この辺りにいないことだけは、確かだね」

と、十津川は、いった。

二人は、現場周辺の聞き込みを、県警に委《まか》せて、東京に戻ることにした。

東京でも、捜査は、進展していなかった。

誘拐された倉田は、いぜんとして、見つかっていない。

「丸山たちは、倉田を拷問しても、欲しい答が得られないので、幻影《ミラージュ》の人間を、全員、殺すことにしたのかも知れない。それで、まず、幻影《ミラージュ》のリーダーである藤本を殺したんだろう」

と、十津川は、部下の刑事たちに、話してから、

「残りの三人は、無事が、確認されているんだな」

「確認されています。井上と、竹内には、刑事が、張りついています」

「もう一人、女がいるだろう?」

「望月えりですね。女同士ということで、北条早苗刑事が、行っています」

「望月えりが、今、何処にいるか、わかっているのか?」

と、十津川は、きいた。

「昨日から、六本木のRという小さな劇場《こや》で唄《うた》っています。彼女は、やはり、音楽の世界から、離れられなかったんだと思います」

「住所は?」

「南青山のマンションです」

「南青山? いい所に住んでいるんだな」

と、十津川は、いった。

幻影《ミラージュ》のメンバーは、売れないミュージシャンというイメージが、十津川には、あったからである。

メンバーの一人が、千葉鴨川《かもがわ》のシーワールドで働いているのも、パトロンの小田冴子が死んでしまったせいだろう。

「望月えりには、なぜか、金があったようです」

という答が、返ってきた。

「彼女に、会ってみたいね」

と、十津川は、いった。

冴子の恋人ということで、今まで、幻影《ミラージュ》のメンバーの男の方だけを考え、会って来たのだが、唯一の女性のメンバーの望月えりが、意外に、何か知っているかも知れない。

十津川は、亀井と、六本木のRへ、行ってみることにした。

雑居ビルの地下にある小さな劇場《こや》だった。

十津川は、中に入る前に、まず井上と竹内の二人をマークしている西本刑事たちに、連絡をとった。

二人の無事を、確認しておく必要が、あったからである。

西本たちの報告では、今のところ、丸山の手が、伸びて来ている気配はないということだった。

だが、倉田の行方は、いぜんとして、つかめない。丸山たちが、倉田を、また、別の場所に監禁してしまったのか、それとも、すでに、殺してしまったのか。

十津川と、亀井が、ビルの中に入ると、三田村刑事が、地下の階段のところで、二人を迎えた。

「北条刑事は？」

と、十津川が、きくと、

「彼女は、女同士ということで、望月えりの楽屋に入っています」

と、三田村は、いった。

「彼女の唄が始まるのは、何時からなんだ？」

「第一回が、午後七時からで、あと、十二分後です」

「客席は、少ないらしいね」

「客席は、二百二十しかありません。しかし、望月えりは、嬉《うれ》しそうですよ。こういう小さな劇場で、唄うのが、夢だったようですから」

「そういえば、横浜の喫茶店で、彼女がパートで働いている時、西本刑事と会いに行った。その時、彼女は、どうしても、音楽の世界から、離れられないと、いっていたんだ」

と、十津川は、いった。

「だから、嬉しいんでしょう」

と、三田村が、いう。

「しかし、今、南青山のマンションに、住んでいるというのは、驚きだな。賃貸としても、あの辺りなら、高いだろう。横浜では、1Kのアパートに、住んでいたんだ」

十津川は、感心したように、いった。

「女性というのは、意外に、お金を貯《た》めているのかも知れません。横浜にいたのでは、なかなか、唄うチャンスがないと思って、無理して、東京に戻って来たんじゃないですか」

と、三田村は、いった。

「それとも、小田冴子みたいなパトロンを、また、見つけたのかも知れないな」

と、亀井が、いった。

三人は、ラセン状の階段を、地下へおりて行った。

R劇場のドアが、見えた。切符を買い、中に入る。

狭い舞台では、ピアノに向った小柄な老人が、即興で、ジャズを演奏している。

二百二十の客席は、半分ほど、埋っていた。

もし、丸山たちが、望月えりを殺そうと考えたら、客の中に、潜んで、射殺でもするのだろうか？

「裏口は？」

と、十津川が、小声で、三田村にきいた。

「ありません。出入口は、こちら側だけです」

と、三田村が、いう。

「火事になったら、大変ですよ。換気も悪そうだし――」

と、亀井が、いった。

舞台の近くに、換気扇がついているのが見えたが、一つだけである。客席が火事になったら、煙でやられてしまうだろう。

（火をつけるという方法もあるか）

と、十津川は、思った。

劇場の中が、まだ明るい中《うち》に、十津川たちは、それとなく、客席の様子を、調べることにした。

挙動の怪しい客がいないかをである。

しかし、怪しいと思えば、どの客も、怪しく見えた。若者が、圧倒的で、それが、思い思いの服装をしているのだ。何か、仕出かしそうな気がするのだ。

客席が、急に、暗くなると、何のアナウンスもなく、黒っぽいドレス姿の望月えりが、登場した。

まばらな拍手であった。

肩のあたりが、あらわになったドレスで、横浜で会った時の望月えりとは、別人のように見えた。

(女は、変るものだな)

と、一番うしろで、十津川は、立ったまま、見ながら、感心した。

望月えりは、

「『禁じられた愛』を唄います」

と、ぶっきらぼうに、いった。

ピアノが鳴り、彼女が、唄い出した。

望月えりが、自分で作った唄なのか、それとも、誰かが作った唄なのか、十津川には、わからなかった。或《あ》いは、有名な作詞家が作り、有名な作曲家が、曲を与えたものかも知れない。

十津川の、知らない分野である。

ただ、聞いていて、えりの唄に、少しずつ、感動していった。

声は、しゃがれ声である。

それが、よく合った詞であり、曲だった。

そこには、「禁じられた愛」の世界があった。

最初、ざわめいていた客席も、引き込まれたように、静かになった。

唄い終ったとき、拍手が起きた。

そのあと、えりは、十津川も知っているシャンソンやフォークソングを唄ったのだが、最初の「禁じられた愛」のような感動は、なかった。

客席も、それを敏感に感じ取ったらしく、二曲目、三曲目は、拍手は、まばらだった。

えりは、最後に、もう一度、「禁じられた愛」を、唄った。

十津川は、再び、感動を受けた。客席も、満足して聞き入っている。

彼女は、切々と、禁じられた、許されない愛を唄う。

終って、彼女が、舞台から引っ込んだ時、十津川は、眼を光らせていた。

望月えりが唄ったのは、文字通り、禁じられた愛だった。

女同士の愛に、男同士の愛である。特に、女が女を愛してしまう悲劇を、切々と、唄っていた。

それを聞いている中に、十津川は、ああ、このことなのかと悟ったのである。

殺された小田冴子のことだった。

彼女には、恋人がいた。これは、間違いない。そして、その恋人は、ミュージシャンだという噂《うわさ》があった。

小田冴子は、生前幻影《ミラージュ》という音楽グループを、応援していた。パトロンだった。

だから、ミュージシャンの恋人といえば、このグループの中にいると考えるのが、自然だろう。

十津川は、男四人と、女一人のこのグループに眼をつけて、調べていった。

だが、彼等に会って、話を聞いた時、何か、異様な感じを受けた。

リーダーの藤本も、誘拐されている倉田も、他の二人の男も、いい合せたように、奇妙ないい方をしたからである。

「僕たちが、小田冴子さんの恋人じゃないことは、はっきりしています」

と、四人は、いったのだ。

また、望月えりは、誘拐された倉田を、助けてくれといったあと、

「正直にいいますわ。倉田さんが、小田冴子さんの恋人でなかったことだけは、わかっています」

と、いったのである。

奇妙ないい方だった。

十津川は、それを、「下手な嘘《うそ》」と、思ったのである。

多分、丸山たちも、同じように、感じたのだ。だからこそ、仲間の高田や、寺沢を殺したのは、幻影《ミラージュ》の中にいる小田冴子の恋人と考え、倉田を誘拐し、藤本を、殺したに違いないのである。

十津川も、倉田が、冴子の恋人と考え、彼が、望月えりと協力して、冴子の仇《かたき》を討っていると、決めつけて、その線に沿って、捜査を進めてきた。

だが、今日、望月えりの唄を聞いて、自分の間違いに、気付いたのだ。それに、幻影《ミラージュ》の連中の、奇妙ないい方の真意も、了解した。

亀井も、やはり、えりの唄から、気付いたと見えて、

「小田冴子の恋人は、望月えりだったんですね」

と、十津川に、いった。

3

十津川たちは、奥の楽屋に、えりに会いに行った。

小さな楽屋だ。もちろん、マネージャーもいない。

えりは、鏡に向って、化粧を落していた。傍《そば》には、北条早苗がいた。

狭い楽屋なので、十津川は、早苗を外に出して、楽屋の外を、三田村に警戒させ、自分は、亀井と中に入って、話を聞くことにした。

「いい唄でした」

と、十津川は、まず、賞《ほ》めた。これは、本当だった。

「ありがとう」

と、えりは、礼をいってから、

「早く、倉田さんを助けて下さい。それに、藤本さんの仇を討って下さい」

と、強い口調で、いった。

「もちろん、われわれは、全力をつくしていますし、間もなく、解決すると、思っています。約束しますよ」

と、十津川は、いった。

えりは、化粧を落してから、十津川を見、亀井を見た。

「私が、危ないんですか？」

「次に、狙《ねら》われるのは、あなたです。その理由は、わかっていますね？」

と、十津川は、いった。

えりは、黙っている。

「丸山たちも、小田冴子さんの恋人が、あなただったことに、気がつきます。私たちが、気付いたようにね」

と、十津川は、いった。

「私は、殺されるんですか？」

えりが、じっと、十津川を見つめて、きく。

「怖いんですか？」

十津川は、聞き返した。

えりは、微笑した。

「怖くは、ありませんわ」

「それを聞いて、ほっとしましたよ。われわれが、あなたを、連中に殺させやしません」

と、十津川は、いった。

「これから、どうなるんですか？」

と、えりが、きいた。

「倉田さんを、何とかして、助け出します」

「お願いします。倉田さんは、今度のこととは、何の関係もないんです」

と、えりが、いった。

「何の関係もないというのは、間違いありませんか？」

亀井が、念を押すように、きいた。

「ええ。彼は、何の関係もありませんわ。だから、一刻も早く、助けて欲しいんです」

「わかりました」

と、十津川が、肯《うなず》いた。

十津川は、続けて、

「そのためには、あなたの協力が、必要です」

「どんな協力をしたら、いいんでしょう？」

「ずばりいいますが、連中を逮捕するための囮《おとり》になって欲しいのです」

と、十津川は、いった。

「囮――？」

「そうです、主犯の丸山には、残念ながら、小田冴子さん殺しの証拠がありません。アリバイもある。また、高田や、寺沢と組んで、小田さんの財産を強奪した証拠もないのです。形式上は、合法的に、手に入れていますからね。だから、あなたに囮になって欲しいわけです」

「うまく、いくんですか?」

と、えりが、きく。

「必ず、うまくいきます。丸山たちは、小田冴子の恋人を、必死になって、探しています。今まで、彼等も、私たちと同じように、恋人というので、男だと、思い込んでいた。倉田さんを誘拐し、藤本さんを殺したのも、そのせいです。恋人が、実は、あなただったと知れば、今度は、あなたを、狙います」

「――――」

「それで、囮になって欲しいのです。あなたを殺そうとすれば、殺人未遂で逮捕できる。それを突破口にして、小田冴子殺しも、自供にもっていけます」

と、十津川は、いった。

「それで、具体的に、私は、何をしたら、いいんですか?」

と、えりが、きく。

「そうですね」

と、十津川は、ちょっと、考えてから、

「丸山たちは、あなたのことを、マークしていると思いますが、まだ、小田冴子さんの恋人だったとは、気付いていない筈《はず》です。だから、それを、気付かせたい」

「どうやってですか？」

「この劇場の前に、ポスターを貼《は》ります。『禁じられた恋人のためのリサイタル』と、書いてです。『S・Oに捧《ささ》げる』と、付け加えましょう、それで、連中も、悟ると思います。神経質になっていますからね」

と、十津川は、いった。

「そのあとは、どうなります？」

と、えりは、続けて、きいた。

「一日おいて、小田冴子さんの墓参りに行って下さい。確か、上野のS寺でしたね？」

「ええ」

「それでは、花束を持ち、今度のリサイタルの報告ということで、行って下さい」

と、十津川は、いった。

「そうしたら、私が囮の役目を果たせます？」

と、えりが、きいた。

「果たせます」

「わかりした。やらせて下さい」

と、えりは、改めて肯いた。

十津川と、亀井が、廊下に出て、三田村と、早苗に、事情を説明すると、

「彼女に、そんな危険なことを、やらせるんですか？」

と、早苗が、非難するように、きいた。

「他に、適当な人間はいない」

と、十津川は、いった。

「でも、もし、彼女が、殺されてしまったら、どうなさるんですか？　相手は、何をするか、わかりませんわ。平気で、誘拐、殺人をする連中です」

「そんなことは、わかっている」

十津川は、怒ったように、いった。

「万一、彼女が殺されてしまったら、どうなさるんですか？」

と、早苗が、なおも、強い調子で、食ってかかる。

亀井が、それを、手で制して、

「警部は、彼女のために、やろうとしているんだ」

と、早苗に、いった。

「危険な囮をですか？」

「そうだよ」

「しかし、どこが、彼女のためなんですか？」

「よく、考えてみろ。彼女は、小田冴子のために、何人もの人間を殺しているんだ。動機は、同情に値するが、重罪は、まぬがれないよ。それも、ただ殺したんじゃない。寺沢は、脅迫して、四国に呼びつけて、列車内で殺している。寺沢が、一千万もの札束を持っていたのは、きっと、それで、許して貰《もら》おうと、思ったんだろう。高田の場合も同じだ。もう一人、上条あけみを殺したのも、彼女の可能性があるんだ。警部は、何とかして、彼女の刑を軽くしたくて、囮になってくれと、頼んだんだよ。警察に協力したということで、少しは、裁判で、情状酌量されるんじゃないかと、警部は、考えているんだ」

亀井が、怒ったように、いった。

十津川は、眉《まゆ》をひそめて、

「カメさん」

と、たしなめた。

早苗は、黙ってしまった。

十津川は、そんな彼女や、三田村を見やって、

「みんなで、力を合せて、やってくれないと困る。もたもたしていたら、倉田も、殺されてしまうからな」

と、強い調子で、いった。

4

R劇場の入口に、まず、看板を出した。

〈禁じられた恋人のためのリサイタル〉

〈S・Oに捧げる。愛と唄《うた》を〉

と、書いた看板である。

十津川たちが、作ったのでは、怪しまれるので、望月えり自身に、作って貰った。

反応は、すぐ、あった。男の声で、R劇場に電話があり、唄っている望月えりについて、いろいろと、質問したという。応対した事務員が、相手の名前を聞くと、黙って、電話を切ってしまったというのである。

（連中の一人だ）

と、十津川は、感じた。

二日後、十津川は、万全の手配をしておいて、望月えりに、小田冴子の墓参りに行って貰うことにした。

わざわざ、R劇場の方には、「本日、都合により休演致します。望月えり」と、貼り紙をした。

十津川は、上野のS寺の周辺に、刑事を、ひそませた。

えりの南青山のマンションの周辺にもである。

そして、西本が、タクシーの運転手に化け、この日の午後三時に、えりを迎えに行った。

丸山たちが、この餌《えさ》に飛びついてくるかどうかは、判断がつかない。

しかし、十津川は、飛びつくと、信じていた。

えりは、西本の運転するタクシーで、上野に向う。

途中で、花束を買う。

そのタクシーの前後を、覆面パトカーが、走る。

いつ、連中が、襲ってくるか、わからなかった。

彼女を乗せたタクシーは、上野広小路に出てから、上野駅に向う。

上野駅の手前で、左に折れて、不忍池《しのばずのいけ》沿いに走る。その辺りに来ると、車の数も少なくなってくる。

間もなく、S寺だなと、タクシーを運転している西本が、思ったとき、突然、T字路から赤信号を無視して、大型トラックが、突っ込んできた。

「この野郎！」

と叫びながら、西本が、急ブレーキを踏んだ。

それでも、車の先端を、トラックが引っかけて、突進する。

タクシーは、横倒しになりかけて、危うく、止まった。

トラックも止まる。

助手席から、男が一人、飛び降りて、タクシーに駈《か》け寄ってくる。

サングラスをかけた垣内だった。走りながら、拳銃《けんじゅう》を取り出した。

タクシーのリアシートのドアに迫ると、窓ガラスを、拳銃で、叩《たた》き割って、銃口を、突きつける。

そのとたんに、垣内の顔色が変った。

運転席から、西本が、同じように、拳銃を、垣内に向けて、突きつけていたからである。

尾行していた覆面パトカーからも、刑事たちが、ばらばらと降りて、殺到してきた。

西本が、ニヤッと、笑った。

「観念するんだな」

と、西本が、いった。

垣内が、のろのろと、両手をあげた。

背後から、日下が、垣内の持っている拳銃を奪い取り、手錠をかける。

その間に、前をふさいでいた大型トラックが、急に、後退して、逃げようとする。

「止めろ！」

と、西本が、怒鳴った。

三田村刑事が、トラックの前車輪のタイヤめがけて、拳銃を発射した。

一発、二発。トラックは、タイヤを射《う》ち抜かれて、前のめりになった。それでも、トラックは、止まらない。運転している男が、止めようとしないのだ。

若い刑事が、動いている運転席に飛びつき、拳銃を突きつけて、やっと、止まった。彼と三田村が、男を引きずり出した。

垣内と、男の二人が、覆面パトカーに押し込まれるのを見送ってから、西本は、十津川に携帯電話をかけた。

「予想どおり、襲われました。望月えりさんは、無事です。襲ったのは、垣内と、若い男。多分、若林という男でしょう。二人は、いったん、上野署に連行します」

――この件は、しばらく、内密にしておこう

「なぜですか」

――丸山を、びくつかせてやりたいんだよ。彼はきっと、息をころして、垣内からの報告を、待っている筈だ。それが、どうなったかわからなければ、びくつくだろう

「そうですね」

――だから、垣内が、弁護士を呼んでくれといっても絶対に、許可するな。しばらくの間、垣内と、もう一人は、隔離しておくんだ

「わかりました。隔離して、訊問《じんもん》します」

――彼女は、よく、やってくれたか？

「危うく、垣内に、殺されるところでした。間一髪《かんいっぱつ》です」

――そうか。それは、覚えておこう。いうまでもないが、彼女も、上野署に留めておいて、自宅に帰すな。生死不明にしておくんだ
「わかりました。それで、丸山は、どうでますかね？」

――多分、何とかして、望月たちの生存を、確認しようとするだろうね。そのあと、どう動くかはわからないよ
「こちらは、何とかして、垣内たちに、丸山の命令で、望月たちを殺そうとしたことを、吐かせます」

と、西本は、いった。

5

十津川は、終局が近づきつつあるのを、感じていた。

それがどんな形で来るのか、まだ、わかっていない。丸山の出方によって、違ってくるからだ。

丸山には、田中刑事と北条早苗刑事の二人を、張りつけてある。

もし、丸山が、平然として、動かなければ、終局には、少し時間が、かかるだろう。怯《おび》えて、動けば、終局は、早く来る筈なのだ。

——丸山は、邸《やしき》に籠《こも》ったままです

と、田中が、連絡してくる。

「外出する気配は、全くないか？」

と、十津川は、きいた。

——ありません

「なしか」

——北条です。心配なことが、一つあります。丸山は、邸に籠ったままでも、電話をかけて、あれこれ指示することは、出来ますわ

と、北条早苗が、いう。

「君は、何を心配してるんだ？」

——誘拐された倉田さんのことですわ。もし、まだ、生きているとしたら、丸山が、一番、気になっているのは、倉田のことです。ですから、この際、電話で指示して、監禁している倉田を殺し、どこか、山中にでも埋めてしまえと、いっているかも知れませんわ

「大丈夫だよ」

——でも、電話は、わかりませんわ。盗聴しているわけじゃありませんから

「電話で指示することを、予想しているさ。だから、倉田が監禁されていると思われる場所と、監禁していると思う人間は、全部、マークしている。連中が、少しでも動けば、すぐ、わかるよ」

と、十津川は、いった。

――それを聞いて、安心しましたわ

と、早苗が、嬉《うれ》しそうな声を出した。

三十分後、十津川の予期した動きが、出てきた。

三浦半島の例の修養道場から、二人の男が、車で、出て行ったというのである。

それを、十津川の依頼しておいた神奈川県警の覆面パトカーが、尾行する。

このパトカーに乗っているのは、青木と、加東の二人の刑事だった。

助手席の加東が、司令室と、無線電話で連絡し、それが、更に、東京の十津川へ、報告される。

「動き出したよ」

と、十津川は、亀井に向って、ニッコリ笑って、見せた。

「丸山が我慢し切れなくなったんですね？」

「そうらしい。尾行中の県警のパトカーからの連絡だが、前を行く車の中で、自動車電話で、一人が、どこかと、連絡をとっているそうだ」

「相手は、丸山ですね？」

「他に、考えようがないさ」

と、十津川は、いった。

男たちの車は、スピードをあげた。

尾行する県警のパトカーも、スピードをあげる。途中で、もう一台の覆面パトカーが、この追跡ゲームに、参加した。

相手は、それには、気付かない。多分、目的地に向うことに、懸命なのだろう。

車は、油壺《あぶらつぼ》方向に走る。

夕暮が、近づいてくる。車は、油壺の近くの、別荘風のコンクリートの建物の前で、止まった。

その前に、バン型の車が、止まっている。

二人の男は、車から降りると、その建物の中に、入って行く。

尾行して来たパトカーの四人の刑事たちは、二人ずつ、表と裏から、建物の中に、忍び込んだ。

二階から、男の声が、聞こえてくる。

「指示があったんだ。その男を殺して、重しをつけて、海に沈める」

と、男の声が、いっている。

「もう、死んでるようなものだぜ」

と、もう一人の男の声が、いう。

四人の刑事たちは、拳銃を抜き出すと、一斉に、階段を駈け上って行った。

ぎょっとしたように、二階にいた三人の男が、振り返った。

車で、やって来た二人と、ここで、監視役をしていた一人だろう。

その中の一人が、あわてて、拳銃を取り出そうとするのへ、刑事が、

「変な真似《まね》はするな！」

と、怒鳴りつけた。

三人の男たちは、諦《あきら》めたように、立ちすくんだ。

刑事の一人が、部屋をのぞき込んだ。

畳の上に、一人の男が、ボロ切れのように、横たわっている。

近寄って、その刑事が、

「倉田さんか？」

と、声をかけたが、返事がない。答える力もなくなっているらしい。

手首をつまむと、心臓が動いているのが、わかった。脈があるのだ。

「おい。救急車を呼んでくれ！」

と、刑事は、同僚に向って、叫んだ。

6

十津川は、倉田と思われる男を、助け出したという連絡を、神奈川県警から、受けた。

「それで、今、何処《どこ》です」

と、十津川は、きいた。

「油壺近くの救急病院に、運ばれました。間もなく、喋《しゃべ》れるようになると思います」

「そうなったら、まず、倉田かどうか、確認して下さい」

「わかりました」

「それから連中が、彼を殺す気で、監禁場所に行ったのかどうか知りたいんですが」

「その点は、大丈夫です。うちの刑事が、連中の会話を聞いています。指示があって、人質を殺して、重しをつけ、海に沈めることになったという会話をです」

と、県警の刑事が、いった。

「その指示が、誰からか、聞いて下さい」

「今、訊問中です」

と、相手は、いった。

「訊問は、外部に洩《も》れないようにして、結果だけ、こちらに、連絡して下さい」

と、十津川は、頼んだ。

　これで、ますます、丸山は、いらだち、怯《おび》えるだろう。

　望月えりを襲わせた結果も、わからず、倉田を殺せと命じた結果も、わからないだろうからだ。

　十津川は、丸山の監視に当っている田中と、早苗の二人に、

「注意しろ。今度こそ、丸山が、動くぞ」

　と、伝えた。

「動くというのは、どういう風にですか？」

　と、田中が、きいた。

「多分、逃げ出す。尾行して、国外へ出るようだったら、逮捕するんだ」

　と、十津川は、いった。

　十津川は、三上部長に、ここまでの結果を報告し、丸山に対する逮捕令状を請求して欲しいといった。

「殺人ですか？」

「今は、殺人と、誘拐の指示です」

　と、十津川は、いった。

「丸山の指示で動いた連中の自供は、得られたのか？」

「間もなく、得られる筈《はず》です」

「筈じゃあ困るな。自供を得られ次第、裁判所に、申請するよ」

と、三上は、いった。

「わかりました。が、丸山が、国外へ逃亡しようとしたら、令状なしに、緊急逮捕します」

と、十津川は、いった。

垣内と、若林の二人は、しぶとく、誰の命令で、望月えりを襲ったかについて、自供しなかった。

倉田を誘拐、監禁、更に、殺害しようとした三人の男の方が、先に、自供を始めた。

彼等が、「倉田を殺して、海に沈める」と話しているのを、県警の刑事たちに聞かれてしまっていたからだろう。

三人は、もともと、N組の組員で、組長の命令で、垣内の下で、働いていたという。

その三人が、自供したのは、次のことだった。

垣内の指示で、倉田を誘拐し、監禁した。

監禁場所は、転々と、変えたが、垣内が、時々顔を見せ、倉田を拷問した。小田冴子の恋人は、誰かと聞き、倉田が、答えないので、拷問したのだ。

倉田は、なかなか、口を割らなかった。そのため、本当に知らないのではないかと、思った者もいた。

倉田を殺せという指示は、丸山から、電話で、受けた。

彼等の自供調書は、神奈川県警からＦＡＸで、送られてきた。

「倉田の誘拐、監禁、そして殺人未遂について、丸山の指示だという自供は、今、得られました」

と、十津川は、自供調書を備えて、三上部長に、報告した。

三上は、すぐ、裁判所に、逮捕令状を、請求した。が、その令状が出る前に、丸山が動き出した。

田中と、早苗が、丸山が、車で外出したと、連絡して来たのである。

逃げ出したのだ。

行先は、成田空港らしいと知り、十津川と亀井は、令状を持たずに、パトカーで、成田に向った。

成田に着くと、田中刑事が、出迎えて、

「丸山は、二一時丁度のバンコク行に乗るつもりです」

と、知らせた。

「よし。逮捕しよう。緊急逮捕だ」

十津川はいい、亀井たちと一緒に、出国ロビーの方に、入って行った。

早苗が、小さく手をあげて、十津川に、知らせた。

その先に、丸山の姿が、見えた。サングラスをかけ、ボストンバッグを、手にしている。

多分、あの中には、金が詰っているのだろう。

十津川たち三人は、扇形に広がって、丸山に近づいた。

十津川が、前に廻《まわ》って、警察手帳を示し、

「あなたを逮捕する」

と、告げた。

丸山は、十津川を、睨《にら》み返して、

「何の容疑かね？」

「殺人、誘拐、監禁の指示容疑だ」

「逮捕令状は？」

「ない」

「それで、私を逮捕できるのか？」

「令状は、すぐ、届くよ。逮捕する」

「駄目だ」

「拒絶すれば、公務執行妨害だぞ！」

と、十津川は、怒鳴り、亀井と、田中が、両脇《りょうわき》から、丸山を、押さえた。

「弁護士を呼んでくれ！」

と、丸山が叫んだ。

「ああ、呼んでやるよ」

と、十津川は、そっけなく、いった。

＊

丸山は、黙秘を続けたが、垣内たちの自供が、揃《そろ》って、丸山の起訴が、決った。

そのあと、十津川にとって、辛《つら》い仕事が、待っていた。

自供の形を取らせたが、それでも、望月えりが、寺沢、高田、上条あけみの三人を、殺したことは、事実である。

十津川は、望月えりが、すすんで、囮《おとり》役を引き受け、危険に身をさらしながら、垣内、若林の逮捕に貢献したことを、文書として、差し出した。

それが、どれだけ、情状酌量に役立つか、十津川には、わからなかった。

『特急しおかぜ殺人事件』一九九七年十月　角川文庫

西村京太郎ファンクラブのご案内

会員特典（年会費 2200 円）

◆オリジナル会員証の発行　◆西村京太郎記念館の入場料半額
◆年２回の会報誌の発行（４月、10月発行、情報満載です）
◆各種イベント、抽選会への参加　◆新刊、記念館展示物変更等のお知らせ（不定期）　◆ほか楽しい企画考案中です

入会の方法

■郵便局に備え付けの郵便振替払込金受領証にて、年会費 2200円をお振り込みください。
口座番号　00230－8－17343
加入者名　西村京太郎事務局
＊払込取扱票の通信欄に以下の項目をご記入ください。
①**氏名**（フリガナ）②**郵便番号**（必ず７桁でご記入ください）③**住所**（フリガナ・必ず都道府県からご記入ください）④**生年月日**（19××年××月××日）⑤**年齢**　⑥**性別**　⑦**電話番号**
■受領証は大切に保管してください。■会員の登録には振り込みから約１カ月ほどかかります。■特典等の発送は会員登録完了後になります。

お問い合わせ　西村京太郎記念館事務局
TEL　0465－63－1599
＊お申し込みは郵便振替払込金受領証のみとします。
メール、電話での受け付けは一切いたしません。

西村京太郎公式ホームページ
http://www4.i-younet.ne.jp/~kyotaro/
i-mode, J-Sky, ezWeb全対応

2005 年 2 月現在

中公文庫

特急しおかぜ殺人事件《とっきゅうしおかぜさつじんじけん》

定価はカバーに表示してあります。

2005年 2 月25日　初版発行

著　者　西村《にしむら》 京太郎《きょうたろう》

発行者　早川 準一

発行所　中央公論新社　〒104-8320 東京都中央区京橋 2-8-7

TEL 03-3563-1431(販売部)　03-3563-3692(編集部)

Published by CHUOKORON-SHINSHA, INC.
URL http://www.chuko.co.jp/

本文・カバー印刷 三晃印刷　製本 小泉製本

ISBN4-12-204483-9　C1193　Printed in Japan

中公文庫既刊より

に-7-2
「のと恋路号」殺意の旅
西村京太郎
自殺した恋人をしのんで能登恋路海岸を訪れたOLの周囲で次々に起る殺人事件。深まる謎を追う十津川警部に思わぬ政治的圧力が…。〈解説〉山前　譲
ISBN4-12 201946-X

に-7-3
木曾街道殺意の旅
西村京太郎
捜査一課の名物刑事が失踪、しかも実在しない娘から捜索依頼の手紙が。残された写真をもとに、十津川警部は謎深い木曾路をたどる。〈解説〉郷原　宏
ISBN4-12 202141-3

に-7-5
恋の十和田、死の猪苗代
西村京太郎
ハネムーンで新妻を殺された過去を持つ刑事が猪苗代湖で女性殺害の容疑者に。部下の無実を信じる十津川警部は美しい湖面の下に隠された真相をあばく。
ISBN4-12 202325-4

に-7-11
十津川警部　雪と戦う
西村京太郎
クリスマス当日に大清水、関越両トンネルを爆破する——JRと道路公団に脅迫状が！　犯人の真の狙いは？　雪を血で染める大惨事に挑む十津川警部。
ISBN4-12 203302-0

に-7-14
「雪国」殺人事件
西村京太郎
私立探偵・橋本豊は、「ミス駒子」に選ばれた芸者菊乃の身元調査のため冬の越後湯沢に向うが、彼女の父親と恋人が、相次いで死傷する……!?
ISBN4-12 203740-9

に-7-15
冬休みの誘拐、夏休みの殺人
西村京太郎
通学途中、進二の胸ポケットにいつの間にか、由里子の定期券が。進二は由里子を探し伊豆に向かうが海岸に男の水死体が浮かぶ。少年達の冒険推理二篇。
ISBN4-12 203778-6

に-7-16
特急北アルプス殺人事件
西村京太郎
飛騨高山の民芸館の水瓶から若い女性の死体が発見された。さらに白川郷の合掌造りを模した雪の中からも死体が。十津川警部は完璧なアリバイに挑む！
ISBN4-12 203854-5

に-7-17

西伊豆 美しき殺意

西村京太郎

恋人を殺され、姿を消した美女。連続殺人の被害者の顔を覆う龍と鶴のハンカチ。すべての糸は西伊豆へ繋がる。十津川も震える美しくも残酷な復讐劇！

ISBN4-12
203870-7

に-7-18

城崎にて、殺人

西村京太郎

宝石外商員が城崎で殺され、一年前には、被害者が訪れた三朝、玉造で地元の名士が不審死していた。山陰の温泉町で起きた連続殺人に十津川の推理は？

ISBN4-12
203942-8

に-7-19

河津・天城連続殺人事件

西村京太郎

二ヶ月前に死んだはずの美女が、河津七滝に現れたその日、男の射殺体が発見された――伊豆で、黒部で、東京で、十津川警部が見た殺意の正体とは！

ISBN4-12
204035-3

に-7-20

南九州殺人迷路

西村京太郎

桜島行のフェリー内で、西郷隆盛を尊敬する代議士の若手秘書が刺殺された。容疑は西本刑事の見合い相手に。恐るべき陰謀の正体に十津川警部が挑む！

ISBN4-12
204145-7

に-7-21

寝台特急「はやぶさ」の女

西村京太郎

鉄道カメラマンの古賀は「はやぶさ」車中で瀕死の美女を助けるが、女は古賀から毒を盛られたと証言。嘘の目的は。十津川は無実の罪を晴らせるのか？

ISBN4-12
204180-5

に-7-22

由布院心中事件

西村京太郎

温泉地由布院で、旅行中の新妻が絞殺され、夫に殺人容疑が。東京では、妻のかつての恋人が白骨体で発見された。友人夫婦を襲う最悪の事態に十津川警部は!?

ISBN4-12
204298-4

に-7-23

特急「白山」六時間〇二分

西村京太郎

銀座ホステスの陥穽にはまり左遷されたエリートサラリーマン長田は、ある犯罪を計画するが、思いも寄らぬ連続殺人が起こる。会心のトラベル・ミステリー！

ISBN4-12
204348-4

に-7-24

十津川警部「狂気」

西村京太郎

建設中の超高層建築物に、女性の全裸死体が次々と吊り下げられ、犯行の映像がメールでマスコミに流される。最悪の猟奇連続殺人に秘めた犯人の真意は？

ISBN4-12
204457-X

あ-10-4
霧の夜にご用心
赤川次郎

〝切り裂きジャック〟に憧れるサラリーマン・平田が遭遇した霧の夜の殺人。同僚OLの容疑を晴らすため姿なき殺人者の正体に迫る。〈解説〉久美沙織

ISBN4-12 202301-7

あ-10-5
静かなる良人
赤川次郎

浮気をして家に帰ると夫は血まみれで倒れていた。冷たい世間の眼とドジな刑事の尾行のなか、自ら犯人探しにのりだした妻の千草…。〈解説〉辻　真先

ISBN4-12 203109-5

あ-10-6
幽霊はテニスがお好き
赤川次郎

テニス同好会の合宿中、妻子ある顧問と火遊びのあと、何者かに殺された彼女が「私を殺した犯人を探して」と――謎と秘密、恋と絆をちりばめた6篇。

ISBN4-12 203513-9

あ-10-7
明日に手紙を
赤川次郎

欠陥商品により死者を出したK電機は、管理課係長の成瀬に、不買運動を潰せと命じる。成瀬は妻に、被害者の娘夫婦の仲を裂く手紙を書かせるが……。

ISBN4-12 203887-1

あ-10-8
迷子の眠り姫
赤川次郎

川に突き落とされた16歳の里加が蘇ると、不思議な力が備わっていた。家族の秘密も、友達の危機も、そして迫る殺人犯の魔の手も、不思議な力で解決します！

ISBN4-12 204323-9

う-10-1
盲目のピアニスト
内田康夫

殺人者とすれちがった盲目の美しいピアニストの不安と疑惑の心象世界を鮮やかに描く表題作など、華麗なロマネスクミステリー五篇。〈解説〉小池真理子

ISBN4-12 201580-4

う-10-2
軽井沢の霧の中で
内田康夫

ひっそり暮らす初老の陶芸家と美貌の妻に近づく謎の青年。不吉な〝暗号〟のように登場する白い犬。四季折々の避暑地に殺意の翳が。〈解説〉小池真理子

ISBN4-12 201641-X

う-10-3
竹人形殺人事件
内田康夫

父親の過去にまつわるという越前竹人形をダシに圧力をかけられる浅見陽一郎刑事局長。事の真相を探るべく秋の北陸路をたどる弟光彦にも殺人の容疑が。

ISBN4-12 201875-7

う-10-4
湯布院殺人事件
内田康夫
湯布院、この静かな盆地の町で疑獄事件の渦中にある前文部次官の秘書が首を吊った。旅行中旧家を訪れた和泉教授夫妻は連続殺人事件に巻き込まれて……。
ISBN4-12 202044-1

う-10-5
釧路湿原殺人事件
内田康夫
釧路湿原駅近くの底なし沼で発見された他殺死体。容疑者となった国立公園管理官の娘婿を救おうとフルムーン旅行中の和泉教授は真相解明に乗り出す。
ISBN4-12 202059-X

う-10-6
鳥取雛送り殺人事件
内田康夫
新宿で雛人形作家が殺された。現場には流し雛の桟俵が。第一発見者の浅見光彦は、運命の糸に導かれるまま、門跡尼寺の神秘的雛人形の世界へ迷い込む。
ISBN4-12 202120-0

う-10-8
熊野古道殺人事件
内田康夫
那智勝浦の補陀落渡海を取材に南紀へ向かった浅見光彦と推理作家の内田康夫。熊野詣での古い街道をたどる二人は紀州山中で殺人事件に遭遇するが……。
ISBN4-12 202436-6

う-10-11
坊っちゃん殺人事件
内田康夫
浅見家の「坊ちゃん」光彦は、四国松山に漱石、山頭火らの足跡をたどる取材に出るが、美女と老俳人の連続殺人の渦中に…。俳句に隠された秘密とは。
ISBN4-12 202871-X

う-10-15
イーハトーブの幽霊
内田康夫
宮沢賢治が理想郷の意味を込めて「イーハトーブ」と名付けた岩手県花巻で、連続殺人が。被害者は死の直前「幽霊を見た」と…。残酷な童話の結末は？
ISBN4-12 203522-8

う-10-16
津軽殺人事件
内田康夫
コスモス、無残――太宰治に傾倒し〝「津軽」を旅する会〟を主宰する古書店主が毒殺され、謎のメモを遺した…。ソアラを駆り北へ向う浅見光彦の探偵行。
ISBN4-12 203660-7

う-10-17
佐用姫伝説殺人事件
内田康夫
陶芸評論家の遺体に黄色い砂が撒かれ「佐用姫の」というメモが。佐賀県唐津に伝わる悲恋物語のヒロインの名と殺人を結ぶ細い糸を浅見光彦が辿る。
ISBN4-12 204067-1

う-10-18
佐渡伝説殺人事件
内田康夫

「願」の一字だけが書かれた奇妙な葉書を受け取った男が撲殺され、被害者の親友も佐渡島の海岸で墜死。「遠流」「黄金」の島で何が起こっている？

ISBN4-12-204166-X

う-10-19
鬼首殺人事件
内田康夫

秋田県雄勝町で盛大に執り行われる「小町まつり」の最中、二人の老人が「オニコウベデアッタ」と呟き絶命した。事件に遭遇し解決に乗り出す浅見光彦だが……。

ISBN4-12-204244-5

う-10-20
「横山大観」殺人事件
内田康夫

軽井沢で転落死した男が所持していた横山大観の絵は本物か贋作か？ 警視庁の名探偵・岡部警部が十二年前に迷宮入りさせてしまった殺人事件との関連が……

ISBN4-12-204402-2

き-26-1
謎物語 あるいは物語の謎
北村 薫

物語や謎を感じる心は神が人間だけに与えた宝物——読書家で知られる北村薫がはじめて自らの読書体験を語った。待望の文庫化〈解説〉宮部みゆき

ISBN4-12-203414-0

き-26-2
冬のオペラ
北村 薫

名探偵はなるのではない、存在であり意志だ——名探偵とその記録者が、猛暑と雨の東京で、雪の京都で遭遇した哀しく残酷な事件。〈解説〉相川 司

ISBN4-12-203592-9

こ-24-1
彼方の悪魔
小池真理子

孤独な留学生が持ち帰ったペスト菌と、女性キャスターに男が抱いた病的な愛。平穏な街に恐怖の二重奏が響く都会派サスペンス長篇。〈解説〉由良三郎

ISBN4-12-201780-7

こ-24-2
見えない情事
小池真理子

けだるい夏の午後、海辺のリゾートでの出会いが、女の心に夫への小さな不信を芽生えさせる——。サスペンスとホラーの傑作六篇。〈解説〉内田康夫

ISBN4-12-201916-8

こ-24-3
やさしい夜の殺意
小池真理子

十三年ぶりに再会した兄。美しい妻といとなむ幸福な家庭には、じつは恐ろしい疑惑と死の匂いが…。サスペンス・ミステリー五篇。〈解説〉新津きよみ

ISBN4-12-202047-6

こ-24-4
唐沢家の四本の百合
小池真理子

洒落者の義父をもつ三人の嫁と、血のつながらない娘。雪の降りしきる別荘で集う四人のもとに届いた一通の速達が意味するものは…。〈解説〉郷原 宏

ISBN4-12 202416-1

こ-24-5
贅 肉
小池真理子

母の死と失恋によって異常な食欲の虜となった姉。かつての美貌は見る影もなくなった。私が抱くのは憐憫？ 殺意⁉ サスペンス五篇。〈解説〉朝山 実

ISBN4-12 202797-7

こ-40-1
触 発
今野 敏

朝八時、地下鉄霞ヶ関駅で爆弾テロが発生、死傷者三百名を超える大惨事となった。内閣危機管理対策室は、捜査本部に一人の男を送り込んだ。

ISBN4-12 203810-3

こ-40-2
アキハバラ
今野 敏

秋葉原の街を舞台に、パソコンマニア、警視庁、マフィア、そして中近東のスパイまでが入り乱れる、ノンストップ・アクション&パニック小説の傑作！

ISBN4-12 204326-3

ひ-21-2
ともだち
樋口有介

幼少より剣術を叩き込まれた神子上さやか。彼女が通う高校の女子生徒が、相次いで襲われ、遂に殺人事件が。さやかは男子転校生と犯人探しを始める。

ISBN4-12 204066-3

ひ-21-3
海 泡
樋口有介

小笠原諸島・父島——人口二千人の〝洋上の楽園〟にストーカーが現れ、帰郷中の女子大生が不審な死を遂げた。会心の「スモールタウン・ミステリー」誕生！

ISBN4-12 204328-X

み-32-1
今夜は眠れない
宮部みゆき

放浪の相場師と呼ばれた男がなぜか母さんに五億円を遺贈して、家族はバラバラに。サッカー少年の僕は真相究明に乗り出すが……。〈解説〉古川タク

ISBN4-12 203278-4

み-32-2
夢にも思わない
宮部みゆき

秋の夜の虫聞きの会で殺人が。被害者は憧れの同級生の従姉だった。沈みがちな彼女のために、僕は親友と調査を始めたが……悲しく切ない僕らの推理は。

ISBN4-12 203413-2

も-12-15
棟居刑事の殺人の人脈　森村誠一

ホテル乗っ取り、婚約者失踪、新妻の死——。事件を結ぶ糸を操る者は誰か。百名を超える名が記されたアドレス帳が語るものは……。〈解説〉茶本繁正

ISBN4-12 203475-2

も-12-17
棟居刑事の殺人交差路　森村誠一

不倫現場を妻に見られた島崎は誤って妻を殺害してしまう。しかし死体は忽然と消えた！　驚愕のトリックに挑む棟居の推理の冴え。〈解説〉大野由美子

ISBN4-12 203692-5

も-12-18
太陽黒点　森村誠一

浅見の美しい妻の浮気相手は、江木であった。江木は学生時代に散々浅見を虐げたばかりではなく、父の財産を奪った男である。今、復讐の扉が開いた！

ISBN4-12 203871-5

も-12-19
棟居刑事の花の狩人《ラブ・ハンター》　森村誠一

天性のプレイボーイぶりを発揮し、野望を抱く青年は巨大企業グループの社長令嬢を妻に迎えた。だが、思わぬ殺人事件が彼の運命を変えた……。

ISBN4-12 203944-4

も-12-20
偽造の太陽　森村誠一

不本意ながら加担してしまった強盗殺人は成功したはずだった。が、五年後に共犯者が突如現れて悪夢が甦る。人間の怨念と欲望を描く長編ミステリー。

ISBN4-12 204068-X

も-12-21
暗黒星団　森村誠一

軽井沢に東京からきた美女とともに地元の青年が姿を消す。一方、戦争直後の事件の遺族探しを進めるうちに都心の総合病院が浮かび上がってきたが…。

ISBN4-12 204146-5

も-12-22
分水嶺　森村誠一

親友の勤める会社の技術者が奇妙な症状を呈して男の診療所に次々と送り込まれてきた。不審に思った男は……。山男の友情を軸に描く社会派推理小説。

ISBN4-12 204189-9

も-12-23
密閉山脈　森村誠一

山頂から愛の信号を送るために山麓に恋人を残して一人山頂を目指した男が、翌朝、無惨な死体で発見された。山という密室を舞台に描く山岳推理小説。

ISBN4-12 204245-3